ÉMILE WATIN

LES TROIS PAGES DE MONSIEUR D'ARTAGNAN

Illustrations de
LUBIN DE BEAUVAIS

PARIS

Société d'Édition et de Publications

Librairie Félix JUVEN

122, Rue Réaumur, 122

Les Trois Pages

de

Monsieur d'Artagnan

Emile WATIN

※

Les Trois Pages

de

Monsieur d'Artagnan

Illustrations de LUBIN DE BEAUVAIS

PARIS

Société d'Édition et de Publications

Librairie FÉLIX JUVEN

122, RUE RÉAUMUR, 122

AVANT-PROPOS

✳✳

Vous avez tous entendu parler, mes petits amis, du fameux d'Artagnan, qui, petit cadet de Gascogne, fit son entrée dans Paris en très mince équipage, devint lieutenant, puis capitaine des mousquetaires, et enfin fut maréchal sous le nom de Montesquiou.

Âgé de 72 ans, mais vaillant comme à 25, nous le retrouvons commandant avec le maréchal de Villars les troupes royales dans les Flandres au cours d'une guerre qui faillit perdre la France. Le maréchal de Montesquiou, c'est-à-dire d'Artagnan, sauva le pays en enlevant, au prince Eugène qui commandait les troupes des ennemis réunis contre nous, les deux villes de Denain et Marchiennes.

Dans le récit qui va commencer nous raconterons la part glorieuse que prirent à ces victoires les jeunes seigneurs d'Estirac, cousins et pages de d'Artagnan.

E. W.

CHAPITRE I
666   666 Dans lequel
Gaston, Pierre et François
font une entrée sensationnelle
dans la bonne ville de Paris.

Les Trois Pages

Monsieur d'Artagnan

* *

CHAPITRE PREMIER

Dans lequel Gaston, Pierre et François d'Estirac font une entrée sensationnelle dans la bonne ville de Paris.

— Parbleu, baron, quand nous resterions à contempler cette poterne jusqu'à l'heure du couvre-feu, nous n'y découvrirons pas l'adresse de notre digne cousin!

— Et voyons un peu tes moyens de la découvrir, cette adresse, petiot?

— A dire vrai, je n'en connais qu'un seul; mais je le prétends excellent.

— Et c'est?

— C'est de la demander à ces vaillants militaires qui

jouent paisiblement aux cartes sur le seuil de la porte. Il serait surprenant qu'ils ne connussent pas notre illustre parent !

Ce dialogue, plutôt banal, n'avait rien en soi-même d'assez curieux pour attirer l'attention des gens affairés qui, durant cette matinée du 12 juillet 1712, allaient et venaient aux alentours de la porte Saint-Jacques, à laquelle aboutissaient alors, par la route de Monthléry, les voyageurs venant de l'Orléanais ou d'au delà.

Mais il était tenu à voix très haute et d'un accent méridional très prononcé, qui, après avoir empli les oreilles avoisinantes, obligeait bon gré mal gré les porteurs desdites oreilles à regarder de quelles bouches pouvaient bien partir d'aussi éclatantes sonorités.

Les yeux des passants se mettaient alors vite de la partie ; et le spectacle qui s'offrait à eux était assez bizarre pour frapper d'étonnement et clouer sur place les spectateurs.

Ceux qui avaient échangé les paroles rapportées plus haut formaient, en effet, une singulière caravane composée de cinq êtres vivants : deux animaux et trois humains.

Le plus grand des trois derniers montait une mule d'Espagne, dont les grelots sonores ne réussissaient pas à couvrir les exclamations gasconnes de son bruyant cavalier. C'était un très jeune homme aux bras robustes et à la taille élevée. Sa corpulence, surprenante chez un aussi jeune garçon, et la puissance souple de ses moindres mouvements révélaient un gaillard doué de triples muscles. Une couche uniforme de poussière grise couvrait son feutre fantastiquement retroussé, son pourpoint de

— Sangbleu ! s’écria le cavalier à la mule.

buffle tendu à craquer sur sa large poitrine, ses chausses flottantes et ses grosses bottes remontées jusque par-dessus le genou. Une rapière espagnole à lourde coquille, datant évidemment du précédent règne, battait la croupe de sa mule.

A côté de lui, perché sur un bidet de Tarbes aux jambes sèches comme des pattes de sauterelles, chevau-chait un jeune seigneur de moins imposante stature, mais de mine au moins aussi fière en dépit de son pauvre équipage.

Il drapait son torse mince dans un ample manteau râpé dont le galon dédoré trahissait les longs et loyaux services. Ce vêtement collé à ses épaules, s'enflait sou-dain derrière lui, vers le milieu du dos, d'une manière qui eût paru fort insolite si, sortant des plis de l'étoffe, une ravissante figure de garçonnet, encadrée de cheveux noirs et coiffée d'un béret basque, n'eût révélé au passant que le pauvre tarbais avait coutume de marcher, trotter et galoper non pas sous un seul, mais sous deux cava-liers.

Un fort rassemblement ne tarda pas à se former autour des trois jeunes gens; car en l'an de grâce 1712, nos aïeux se montraient pour le moins aussi badauds que nous-mêmes en l'an de grâce 1905. Au sein de cette foule curieuse, les plaisanteries et les quolibets se répon-daient à qui mieux mieux.

—Sangbleu! s'écria le cavalier à la mule, voilà encore des gaillards qui semblent nous regarder comme des bêtes curieuses ou de véritables sauvages! Il ne me plaît pas à moi d'être regardé comme une bête curieuse...

— Pierre, je t'en prie, tiens ta langue, ordonna le cavalier au manteau ; tu sais quels ennuis elle nous a déjà causés.

— Baron, vous êtes mon aîné et je vous respecte infiniment ; c'est pourquoi je ne tolérerai pas que ces canailles se moquent de nous !

Au mot « canailles » le cercle se resserra autour des voyageurs : il y eut des murmures, quelques gestes de menace ; les mains ramassaient des pierres.

— Allons, dit en soupirant le jeune homme au manteau, encore une affaire... et, dégageant son bras droit, il s'assura que son épée jouait librement au fourreau, tandis que son compagnon de monture, le petit François, sortait de sa ceinture une longue dague effilée.

— De l'épée à ces gens-là, s'écria Pierre, vous n'y songez pas, baron ! Laissez-moi leur parler... Écoutez, braves gens, continua-t-il en levant vers le ciel deux mains formidables ; ne faites pas les méchants. Tels que vous nous voyez, nous avons traversé la France d'un bout à l'autre, dans le but de rejoindre ici notre glorieux cousin, M. d'Artagnan... Dans le Midi, tout a marché sans encombre. A Limoges, sur le pont Saint-Martial, un certain nombre de maroufles nous ont voulu faire injure, comme vous à présent. Sans descendre de ma mule j'en jetai quelques-uns dans la Vienne, par-dessus le parapet : sept ou huit peut-être, je ne me souviens plus au juste, mais je pense bien que c'était huit.

A ces mots les murmures s'apaisèrent et le cercle s'élargit un peu...

Pierre reprit :

— A Orléans, nouvelles plaisanteries outrageantes ; et nouveau châtiment semblable : neuf citoyens de cette

Sans descendre de ma mule, j'en jetai quelques-uns dans la Vienne.

belle cité connurent, par mes soins, les agréments d'une baignade dans la Loire...

Le cercle s'élargit davantage, quelques assistants s'éclipsèrent sans plus attendre.

— A Étampes, troisième histoire ! Mais comme la rivière se trouve trop loin de la ville et que c'est d'ailleurs une toute petite rivière où l'on ne saurait guère tremper qu'un homme à la fois, je dus changer de méthode ; je me contentai de frotter un peu rudement l'un contre l'autre quatre ou cinq des rieurs. J'ose espérer qu'à l'heure qu'il est, ils sont sortis de leurs lits, où l'on avait dû les porter sans retard, après cette petite cérémonie.

Malgré sa gravité, Gaston ne put s'empêcher de sourire et François éclata de tout son cœur, en voyant les assaillants, si menaçants tout à l'heure, se reculer de plus en plus.

— A présent, clama Pierre, nous voici aux portes de Paris, et je sens que, s'ils m'y obligent, je devrai accorder aux illustres habitants de ces faubourgs un traitement tout spécial, digne de leur glorieuse origine. Ainsi donc, braves gens, si vous ne déguerpissez au plus vite, et sans rire, je vais avoir le regret d'étriller une dizaine de vos gracieuses personnes; après quoi, j'en choisirai deux des plus notables; et au bout de ces deux bras que vous voyez, je les porterai doucement jusqu'à la Seine, où je leur ferai faire un magnifique plongeon...

Ayant dit, Pierre fit mine de pousser sa mule vers les derniers badauds.

A ce geste un ou deux de ceux-ci, qui avaient eu le courage d'attendre la fin du discours, s'éclipsèrent sans demander leur reste. Mais cinq ou six plus têtus restèrent sur place et entourèrent le jeune homme avec des airs assez menaçants.

Du reste la mine de ces derniers survenants n'avait rien de comparable avec les bonnes faces de bourgeois parisiens d'abord gouailleuses et hilares puis bientôt inquiètes et terrifiées qui avaient disparu aux dernières paroles du cadet d'Estirac.

Gaston, qui s'approchait rapidement pour dégager son turbulent frère, reconnut qu'il s'agissait d'une bande de ces malandrins, comme il y en avait tant alors sur le pavé de Paris, qui, affectant des allures d'hommes de guerre, traînaient sur les places publiques, aux portes des villes, dans tous les endroits enfin où un incident tumultueux pouvait se produire, toujours prêts à intervenir pour faire dégénérer l'incident en bataille ; alors ils profitaient du désordre pour dérober quelques bourses, tirer quelques manteaux et laisser sur le carreau, avec quelques pouces de fer dans le ventre, le malavisé qui aurait prétendu défendre son bien contre eux.

L'un de ces bandits avait mis hardiment la main à la bride de la mule de Pierre, qui s'arrêta tout net.

Furieux, le jeune homme cingla cette main d'un coup si vigoureux de sa houssine que le sang jaillit immédiatement.

Alors tous, poussant une grande clameur, se jetèrent sur notre ami Pierre si brusquement, que celui-ci n'eut pas le temps de se mettre en défense. Deux hommes le saisirent chacun par une jambe et le précipitèrent en bas de sa mule qu'un troisième s'efforça d'entraîner immédiatement, la comptant déjà pour sa part de butin.

Mais la brave bête faisait une belle résistance ; en même temps Gaston, l'épée haute, fondait sur les assaillants et les chargeait de toutes ses forces avec le plat de l'arme, voulant éviter de se faire à son arrivée dans Paris une affaire dans laquelle le sang eût coulé. Il songeait qu'en somme son frère se trouvait être le provocateur de la rixe, et que le temps n'était plus où il était légitime de tirer l'épée à tout propos et de transpercer sans rémission les malotrus qui se permettaient de vous regarder de travers.

Vite remis de sa surprise, le valeureux Pierre, d'un double mouvement de ses puissants jarrets avait secoué au loin les deux hommes qui l'avaient renversé : puis, se relevant d'un bond, il avait saisi deux autres gredins et, selon sa méthode, les heurtait en cadence l'un contre l'autre, comme si leurs têtes eussent été des cymbales et qu'il se fût juré d'apprendre à fond l'art de faire le plus de bruit possible avec ce sonore instrument.

Quant à François, brandissant sa dague, il protégeait son frère Gaston contre la perfidie d'une attaque.

Rossés, assommés et déconfits, comprenant qu'ils n'auraient pas le dessus, et que d'ailleurs le poste en armes accourait au secours des jeunes gens, les malandrins se résignèrent à fuir dans toutes les directions; et nos trois amis purent s'avancer librement jusqu'à la poterne.

Là, ils mirent pied à terre et François, plus impatient, demanda à l'un des soldats de garde s'il pouvait lui indiquer la demeure de **M. d'Artagnan**.

— **M. d'Artagnan !** fit le soldat étonné.

— Eh oui, **M. d'Artagnan.**

— Dites donc l'ancien, interrogea le soldat en se tournant vers un vieil homme, vétéran des armées, à qui étaient confiées chaque soir les clefs de la porte; vous connaissez ça, **M. d'Artagnan ?**

— Morbleu ! si je connais? je crois bien; mais aujourd'hui, messieurs, ajouta le soldat en saluant les jeunes

gens, il porte un nom plus glorieux : il s'appelle M. le
maréchal de Montesquiou.

— Maréchal ? Notre cousin est maréchal, s'écria François en battant des mains.

— Palsembleu ! dit Pierre, il n'aura que faire de nous ;
toute sa maison doit être au complet.

François demanda à l'un des soldats de garde : « M. d'Artagnan. »

— Inutile de désespérer d'avance, intervint Gaston ;
et où demeure-t-il, M. le maréchal d'Artagnan de Montesquiou ?

— Où il demeure ? Probablement là où il y a des coups
d'épée à donner et des balles de mousquet à recevoir ;
je sais qu'il guerroie dans les Flandres aux côtés de
M. de Villars... Mais j'y songe ; il y a un homme qui

vous donnera sûrement de ses nouvelles, car **M.** le maréchal a toujours un pied-à-terre chez lui.

— Bravo ! Et quel est cet homme ?

— C'est **M.** Planchet, ancien laquais de **M.** d'Artagnan, et présentement notable épicier rue des Lombards, au Pilon d'Or... Vous n'avez qu'à prendre tout droit la grande rue Saint-Jacques ; puis, toujours tout droit, vous passerez la Seine deux fois pour traverser la Cité. De l'autre côté de l'eau, à la hauteur de l'église Saint-Merri, vous trouverez la rue des Lombards. N'oubliez pas: **M.** Planchet, épicier, au Pilon d'Or. Bonne chance, messeigneurs !

Et sur ce souhait du brave homme, nos trois jeunes gens franchirent la poterne et s'engagèrent dans la capitale, non sans exciter la surprise par leur extraordinaire équipage. Mais au moindre sourire qu'il apercevait, Pierre foudroyait le rieur de regards si furibonds, que celui-ci redevenait soudain tout à fait grave et se hâtait de poursuivre son chemin. En sorte que, s'il y eut ce jour-là quelques Parisiens noyés en Seine, le farouche Pierre d'Estirac n'y fut pour rien.

Chapitre II

Chapitre II
666   666 Dans lequel
Gaston, Pierre et François a la
recherche de Mr d Artagnan
retrouvérent l'excellent Planchet.

Au Pilon d'Or

CHAPITRE II

Dans lequel nos lecteurs ne seront pas fâchés d'apprendre pourquoi Gaston, Pierre et François d'Estirac étaient à la recherche de M. d'Artagnan et comment ils retrouvèrent d'abord l'excellent Planchet.

Tandis qu'ils cheminent vers la demeure de Planchet, j'ai le temps de vous dire, chers lecteurs, qui étaient ces trois jeunes gentilshommes que je vous ai présentés avec un peu de brusquerie.

Toute proche de la terre d'Artagnan, dans le pays de Bigorre, se trouve la terre d'Estirac, dont le seigneur et maître le baron d'Estirac, était fort ami — et même tant soit peu cousin — de l'illustre d'Artagnan, qui commanda successivement les mousquetaires de LL. MM. Louis XIII et Louis XIV.

Mais tandis qu'à vingt ans d'Artagnan quittait son pays natal pour aller chercher fortune sous les ordres de

M. de Tréville, le baron d'Estirac bien que peu fortuné
n'avait pu se résoudre à abandonner son pauvre manoir
pour courir une aventure hasardeuse. Il s'y était marié
avec une cousine à lui, pas beaucoup plus riche que lui-
même, et qui lui avait été ravie par un mal subit quelques
mois après la naissance du petit François.

Demeuré seul avec trois enfants à élever et à pourvoir,
le baron d'Estirac comprit la faute qu'il avait commise en
ne s'assurant pas une fortune plus brillante, et il se jura
que ses fils ne tomberaient pas dans la même erreur.

En conséquence il n'épargna rien pour leur éducation,
afin qu'ils fussent en état de conquérir une situation aussi
brillante que leur énergie et leur audace le leur permet-
traient. Et dès leur plus jeune âge il leur communiqua le
goût des aventures que lui-même avait dédaignées autre-
fois.

Quand il se sentit mourir, le vieux M. d'Estirac fit
venir auprès de lui ses trois fils, Gaston, Pierre et François, âgés l'un de dix-huit, l'autre de seize et le troisième
de douze ans et il leur parla en ces termes :

« Mes chers enfants, vous savez que votre père est
un assez pauvre gentilhomme ; qu'il laisse après lui un
nom honoré, mais accompagné d'une terre de petits
revenus et d'un château passablement délabré. Ce
maigre bien revient selon la loi à Gaston votre aîné ; si,
imitant les goûts simples de son père, il veut s'en contenter
et vivre sur son domaine, il ne sera jamais qu'un assez
petit hobereau. Quant à vous, cadet d'Estirac, vigoureux
et hardi comme vous l'êtes, je sens que vous n'avez pas

beaucoup de vocation pour suivre l'exemple habituel donné par les cadets de familles nobles, et que vous êtes fort peu disposé à entrer dans les ordres ; je ne crois pas davantage que mon cher petit François songe plus tard à la prêtrise. Aussi je vais vous dire ce que j'ai rêvé pour vous ; je mourrai paisible et heureux, si j'emporte la certitude que vous réaliserez ce rêve.

« Je voudrais, mes chers enfants, que vous tâchassiez de demeurer unis dans la vie, comme vous l'avez été jusqu'aujourd'hui et que vous allassiez ensemble tenter la fortune des armes, qui me paraît la carrière à laquelle vous êtes le plus aptes et qui est la plus digne de vous.

Maître Planchet inspectait, d'un air d'indicible satisfaction, les richesses de son étalage.

« Je parle pour vous deux Gaston et Pierre, François pourra un peu plus tard vous suivre dans cette voie.

« Voici donc ce que vous ferez dès que vous m'aurez fermé les yeux.

« Confiant la garde de notre manoir au vieux Tiberge,

mon écuyer, vous irez trouver M. de Morcenx notre voisin, lequel est le propre neveu de notre cousin d'Artagnan, qui doit être toujours capitaine des Mousquetaires de Sa Majesté. M. de Morcenx gardera François auprès de lui jusqu'à ce qu'il soit en âge d'affronter la vie des camps.

« Vous, Gaston, et vous, Pierre, il voudra bien vous recommander à notre illustre cousin qui, se souvenant de notre vieille amitié, consentira sans doute à vous prendre comme page pour vous préparer à courir les hasards glorieux de la guerre... Embrassez-moi, mes enfants ! Je sens que cette fois la vie me quitte pour toujours... »

Ayant ainsi exprimé ses dernières volontés, M. d'Estirac rendit l'âme au milieu de ses fils en pleurs.

Gaston devenu chef de famille et baron d'Estirac, décida qu'il fallait sans plus tarder remplir les volontés paternelles, et sitôt les derniers devoirs rendus au châtelain, les trois frères se mirent en route.

Mais arrivés chez M. de Morcenx, ils trouvèrent visage de bois ; le neveu de d'Artagnan appelé par son oncle était allé le rejoindre à Paris.

— Partons à sa recherche, proposa François que la perspective de se séparer de ses frères ne satisfaisait que médiocrement, c'est le seul moyen qui nous reste d'accomplir les volontés paternelles.

C'est ainsi que tous trois ensemble, Gaston, Pierre et François s'étaient mis en route pour la capitale.

Comme nos lecteurs ont pu déjà s'en rendre compte, les caractères de nos trois héros présentaient des dissemblances assez frappantes.

Tous les trois étaient également braves, francs et généreux. Mais Gaston, l'aîné, se montrait plus calme, plus réfléchi, plus raisonneur. Pierre était une sorte d'hercule adolescent qui avait pris plus de souci de développer ses muscles que d'orner son cerveau. Enfin

Pierre fit grand honneur au repas.

François, enfant espiègle, vif et éveillé, manifestait à chaque occasion une intelligence prompte et sûre, mais plus instinctive que raisonnée. Pour terminer cette rapide esquisse des trois frères, disons qu'ils maniaient l'épée comme des bretteurs de profession, même François.

— Si j'ai bonne mémoire, déclara brusquement Pierre, nous avons ce matin quitté Montlhéry dès l'aube, après une collation des plus légères... Aussi avant d'aller plus loin je propose de nous arrêter et de...

— Je propose, moi, dit Gaston d'un ton bref, de rechercher avant tout **M. Planchet**.

En entendant ces mots, le pauvre Pierre jeta sur son aîné un regard capable d'attendrir la muraille de Chine elle-même : il faut croire que le cœur de Gaston était beaucoup plus dur que cette célèbre muraille, car Gaston demeura impassible. Pierre soupira, bâilla formidablement, et pressa l'allure de sa mule.

Enfin on atteignit la fameuse rue des Lombards.

Dès l'entrée nos trois amis aperçurent, suspendu à une potence de fer forgé, et se balançant dans les airs, le Pilon d'Or, glorieuse enseigne de la glorieuse profession de Planchet.

Sous l'enseigne même, le visage rond comme une lune, les joues pleines, le teint vermeil, ses deux mains grasses croisées sur son abdomen majestueux, maître Planchet inspectait, d'un air d'indicible satisfaction, les richesses gastronomiques de son étalage.

Dès qu'ils l'aperçurent, Gaston, Pierre et François échangèrent un long regard.

Tous trois songeaient en eux-mêmes :

« Que va nous dire cet épicier ? Est-il possible que ce soit ce gros homme qui soit destiné à nous mettre sur la route des honneurs et de la gloire ? »

A l'aspect de la singulière cavalcade, maître Planchet donna quelques signes de surprise. Le cheval qui portait les deux frères semblait fort l'intriguer.

« Malaga ! grommela-t-il en lui-même (Malaga était

son juron professionnel), voilà un singulier cheval : s'il était jaune et non rouge cerise, je parierais volontiers que c'est un fils du bidet sur lequel mon illustre maître, messire d'Artagnan, fit son entrée dans Paris il y a, ma foi, cinquante ans bien sonnés. Oh ! et cette petite mule qui ploie sous la charge de ce puissant jeune homme !... Ces gens-là sentent le Gascon d'une lieue... »

Planchet n'était pas au bout de ses étonnements. Le cortège s'arrêta net devant sa propre boutique ; le puissant jeune homme toucha son feutre, et François sauta à terre tandis que Gaston demandait en s'inclinant :

— C'est bien à monsieur Planchet que j'ai l'honneur de parler?

— Certainement, messieurs, à lui-même, murmura l'épicier tout abasourdi ; l'honneur est pour moi...

— Monsieur, interrompit François, nous sommes les trois fils de M. le baron d'Estirac, cousin et ami du capitaine d'Artagnan...

A ce nom, la figure du brave Planchet s'éclaira...

François continua :

— Nous arrivons des Pyrénées en droite ligne pour retrouver ce fameux cousin et voir s'il peut nous employer à la guerre.

— Holà ! Richard, s'écria Planchet, rouge de plaisir, en appelant son commis ; mène les montures de ces gentilshommes à l'écurie ! Entrez, messeigneurs, je vous en prie, faites-moi cette grâce. M. le maréchal, votre parent, que j'ai servi longtemps, m'accorde la précieuse faveur de son amitié ; parfois il ne dédaigne pas d'oublier, en s'asseyant à ma table, les grandeurs et les soucis de la cour. J'ai eu également la joie de recevoir ici M. Porthos du Vallon : ce noble seigneur appréciait fort les raisins, figues, dattes d'Afrique, et pâtes d'abricots qui vous entourent. Il les appréciait précisément comme vous-même, monsieur, ajouta Planchet en se tournant vers Pierre, qui, de ses larges mains, puisait tranquillement à même les sacs et engloutissait des bouchées d'une demi-livre.

— Mon cher monsieur Planchet, murmura Pierre la bouche pleine et la mine confuse, je vous prie d'excuser ma liberté, mais je meurs littéralement de faim.

Et en guise de preuve, Pierre avala encore cinq ou six grosses nonnettes de Dijon.

— Vous le rappelez beaucoup, cet excellent M. du Vallon, reprit l'épicier; c'était un homme de grand appétit, de grande vigueur et de grande bonté. (Ici Planchet fit entendre un gros soupir, tandis qu'une larme mouillait ses cils.) Messeigneurs, au nom de M. d'Artagnan et de feu ses grands amis, M. Athos et M. Porthos, je vous supplie de ne pas repousser mon humble hospitalité et de vouloir bien me dire à table en quoi je puis vous être utile.

Nos trois amis s'empressèrent d'accepter cette cordiale invitation à laquelle Pierre fit l'honneur de son appétit formidable.

Tout en mangeant, Planchet leur apprit que M. le maréchal de Montesquiou (c'est-à-dire d'Artagnan) partageait avec le maréchal de Villars le commandement des troupes de Flandre.

Malheureusement le maréchal de Villars, très brillant

et habile capitaine, supportait assez impatiemment toute
gloire voisine de la sienne, et les rares mérites du
maréchal d'Artagnan semblaient empêcher de dormir
M. de Villars, au moins autant que les attaques du prince
Eugène, chef des armées ennemies. Les deux généraux

Ils entrèrent dans la ville et descendirent à l'auberge du Cheval-Blanc.

n'étaient pas d'accord : Villars voulait une guerre prudente, d'Artagnan tenait pour une vigoureuse offensive et
des coups de surprise. Il avait même envoyé au roi, à
Fontainebleau, un de ses parents, M. de Morcenx, afin
de faire triompher ses opinions et d'obtenir de Sa Majesté
l'autorisation d'entraîner Villars dans une action décisive.

— J'aime ça, les actions décisives! dit Pierre en
avalant une cinquième tranche d'un pâté de venaison

Gaston jetait à son cadet des regards furieux. François riait à se tenir les côtes.

— Aussi, dit en terminant Planchet, le mieux que vous pourriez faire serait de gagner Fontainebleau au plus vite pour y rejoindre M. de Morcenx. Il se chargera de vous présenter au maréchal. Reposez-vous aujourd'hui... ici, et dès demain matin...

— Mon cher monsieur Planchet, nous sommes tout reposés maintenant, interrompit Gaston; à moins que je ne vous laisse François?

Mais François protesta qu'il ne ressentait plus aucune fatigue et qu'il entendait partir sur l'heure avec ses frères.

Tout ce que Planchet put obtenir fut que Pierre prendrait un cheval à lui, de façon qu'ils pussent entrer à Fontainebleau dans un équipage plus digne d'eux.

Tout étant ainsi convenu, nos jeunes gens quittèrent le brave épicier et se mirent en route pour Fontainebleau. Il était nuit noire lorsque, ayant traversé un bon bout de la forêt, ils entrèrent dans la ville et descendirent à l'auberge du Cheval-Blanc, précisément en face de la résidence royale.

Malgré toute leur vaillance, nos trois héros avaient les jambes raides et les reins brisés. François s'endormit en soupant, et Pierre dut le monter dans sa chambre.

CHAPITRE III
66 Dans lequel
Gaston, Pierre et François
se trouvent élevés aux fonctions
de Courriers du Roi.

CHAPITRE III

Dans lequel Gaston, Pierre et François se trouvent soudainement élevés aux fonctions de Courriers du Roi.

Le lendemain matin, vers huit heures, Pierre et François dormaient encore à poings fermés, lorsque Gaston, coiffé, botté, astiqué, sanglé dans son ceinturon, sortit de sa chambre afin de s'enquérir de M. de Morcenx.

Il apprit de l'hôte que M. de Morcenx habitait cette même hôtellerie du Cheval-Blanc; mais il avait été convoqué au château dès le matin par le ministre de la Guerre.

En attendant, Gaston se mit à faire les cent pas entre l'auberge et la grille du château.

Une demi-heure après, François, réveillé à son tour, pénétrait dans la vaste cuisine de l'hôtellerie, où il eut la surprise de ne trouver personne. Avisant un grand fauteuil à dossier monumental, François songea qu'en attendant ses frères il n'avait rien de mieux à faire qu'à reprendre son somme interrompu, sur ce vaste siège si propice au repos. Le fait est qu'une fois blotti au fond du meuble, il disparaissait entièrement dans l'ombre projetée par le dossier et ne risquait pas d'être dérangé.

Il commençait à s'assoupir, lorsque le bruit d'une conversation à voix basse le tira de sa somnolence. Entr'ouvrant à peine les paupières, il aperçut l'hôte debout, en conversation avec un buveur; en même temps François, dont l'oreille était très fine, perçut par deux ou trois fois le nom de M. de Morcenx, prononcé d'un accent étranger par le cavalier attablé.

— Ainsi, dit l'inconnu, vous pensez qu'il doit partir demain?

— Sans aucun doute, Mylord. M. de Morcenx doit voir ce matin le ministre; il m'a commandé de donner double ration à ses chevaux et de les tenir prêts pour demain à l'aube. Assurément il aura reçu une missive pour le camp français et il se hâtera de la porter...

— C'est probable, en effet... Nous verrons à en prendre connaissance. Sera-t-il très accompagné?

De plus en plus intrigué, François écouta de toutes ses oreilles...

Répondant à l'interrogatoire de Mylord, l'hôtelier continua :

— Sa suite paraît petite, Mylord; je dois dire cependant, pour ne rien omettre, que trois personnes, deux jeunes gens et un enfant sont arrivés ici hier et m'ont demandé ce matin à le voir.

— Allons, c'est bien, murmura l'inconnu qui se leva
et sortit en sifflotant, suivi par l'hôte.

Aussitôt François sauta en bas de la grande chaise, et,
sur la pointe des pieds, gagna le vestibule. Il y trouva
Gaston qui rentrait de sa faction et Pierre qui, enfin

En attendant, Gaston se mit à faire les cent pas entre l'auberge et la
grille du château.

réveillé, se consolait de ne plus dormir en dévorant une
énorme tranche de pain recouverte d'une épaisse couche
de foie gras.

— M. de Morcenx est de retour à l'auberge, dit
Gaston.

— Eh bien, s'écria François, je lui apprendrai des
choses curieuses !

Mais il n'en voulut pas dire davantage.

Peu après, M. de Morcenx s'empressa de faire appeler les trois jeunes gens : son accueil fut des plus chaleureux. Mais il ne leur dissimula pas que, chargé d'une mission urgente pour les Flandres, il ne voyait guère le moyen de les emmener tous trois, surtout François qui paraissait bien jeune.

— Tout au contraire, monsieur, dit François, je vais vous prouver que nous arrivons fort à propos pour vous.

Et il raconta à M. de Morcenx la conversation qu'il avait surprise le matin même.

M. de Morcenx parut atterré.

— J'y suis, s'écria-t-il, ce Mylord est l'émissaire du duc d'Albemarle qui commande la garnison de Denain ; il m'a fait espionner jusqu'ici, et maintenant, pour s'emparer de mes dépêches, ce damné d'Anglais va me tendre piège sur piège.

— Dans lesquels vous ne tomberez pas, reprit hardiment François.

— Et pourquoi cela, jeune paladin ? demanda M. de Morcenx, souriant, malgré son inquiétude, de la tranquille audace du petit garçon.

— Parce que nous vous supplions très humblement de nous charger de cette missive.

— Parbleu, mon beau cousin, je vous admire ; vous ne doutez de rien, sur ma foi. Songez-vous aux qualités de réflexion, d'endurance physique et morale, de prudente témérité que devront déployer des hommes rompus à ce genre de mission, pour accomplir celle-ci ? Pour chevaucher trois jours entiers sans débrider, attentifs à

De plus en plus intrigué, François écouta de toutes ses oreilles,

toutes les alertes, prêts à toutes les batailles inévitables, assez sages pour fuir toutes les fois qu'il sera nécessaire ?

Songez-vous qu'il faut traverser les lignes ennemies pour atteindre le camp français, et que là certainement il y aura combat, en supposant que vous ayez réussi à éviter les embuscades qui vous attendront, sans aucun doute, en territoire français? Le message qu'envoie M. Voysin, au nom de Sa Majesté, est un message rigoureusement secret, adressé à M. le maréchal de Montesquiou et à lui seul. L'homme ou les hommes qui s'en chargeront avec moi, seront donc livrés à leurs seules forces et ne pourront invoquer la qualité de courrier royal pour obtenir aide et assistance le long de la route.

Mes chers enfants, votre généreux mouvement vous fait le plus grand honneur et je suis fier de compter dans notre parenté d'aussi jeunes et d'aussi valeureux gentilshommes que vous semblez. Mais vous confier une pareille tâche serait de ma part une véritable folie, mes enfants ! Vous êtes trop jeunes.

— C'est justement pourquoi, reprit Gaston avec chaleur, nous passerons là où vous ne passeriez pas.

Et plaidant leur cause avec éloquence, il le supplia d'accepter leurs services; il protesta de leur ardent dévouement, de leur grand désir de servir la France et le roi; enfin il fit valoir qu'ils ne sauraient trouver une plus favorable introduction auprès du maréchal d'Artagnan.

— Quant à notre valeur guerrière, ajouta le bouillant

Pierre, croyez que mon frère aîné, le baron, manie l'épée comme un raffiné du dernier siècle. François, tout petit qu'il est, n'y est pas maladroit, loin de là. J'y suis moi-même d'une assez jolie force. Quant à ma vigueur physique, voilà !

Et le cadet d'Estirac, saisissant par son pied un lourd guéridon à dessus de marbre, le tint à bras tendu sans effort apparent durant une bonne demi-minute.

Cette dernière prouesse triompha des hésitations de M. de Morcenx qui céda aux instances réunies des trois frères.

Le lendemain, à l'aube, nos trois amis quittèrent Fontainebleau dans le plus grand mystère.

—C'est entendu, puisque vous le voulez. Vous prendrez mes chevaux qui sont des bêtes solides et habituées à courir les relais.

Mais redoublez d'attention en atteignant les Flandres, car le prince Eugène y multiplie les espions et les embuscades. Songez que je remets entre vos mains le succès de la campagne et peut-être le salut de la France !

— Les gredins! ils ont volé les chevaux de M. de Morcenx.

Dites-vous qu'en partant, vous vous engagez à mourir ou à remplir votre périlleuse mission !

.   .   .   .

Le lendemain, à l'aube, nos trois amis quittèrent Fontainebleau dans le plus grand mystère.

Il y avait déjà quelques heures que les seigneurs d'Estirac étaient en route, lorsque le mystérieux personnage dont François avait surpris le dialogue avec l'aubergiste vint retrouver celui-ci dans la grande salle basse, témoin de leurs premières confidences.

— Eh bien, maître Hanspach, demanda-t-il, que fait M. de Morcenx?

— Il dort à poings fermés dans son appartement, Mylord.

— Comment! il n'est pas parti?

— Il n'a même donné aucun ordre pour son départ.

— Bizarre!... Ah! j'oubliais... Ces jeunes gens qui demandaient à le voir?

— Il les a vus, Mylord : il a dû d'ailleurs leur faire un assez pauvre accueil; car ils ont réglé leur dépense hier soir, et dès ce matin ils sont partis au petit jour.

— Tiens, tiens, ceux-là sont partis.. Mais, peut-être... Maître Hanspach, conduisez-moi donc aux écuries.

L'aubergiste obéit à l'instant; mais, quand il eut poussé le lourd vantail de la porte de l'écurie, il eut un sursaut effaré : devant lui le tarbais cerise, le bidet prêté par Planchet, et la mule fouillaient du nez la mangeoire; en revanche, les trois meilleurs chevaux de M. de Morcenx avaient disparu.

— Les gredins ! ils ont volé les chevaux du gentil-homme français !

— Vous êtes un sot, Hanspach, s'écria Mylord furieux ; s'ils ont emmené les chevaux, c'est sur l'ordre de M. de Morcenx. Et s'il leur a donné d'aussi bonnes bêtes c'est qu'il les a chargés de sa mission ! Allons, hâtez-vous de me donner le signalement de ces trois gaillards...

Pressé de réparer sa bévue, l'hôte renseigna Mylord le plus exactement qu'il put. Il n'oublia pas de signaler l'extraordinaire appétit de Pierre dont son garde-manger avait rudement souffert. Malheureusement, n'ayant pas assisté aux autres prouesses du cadet d'Estirac, il ne put apprendre à l'Anglais que ce gargantua de Pierre se doublait d'un véritable athlète.

— Allons, murmura l'inconnu, rien n'est perdu en-core ! Tâchons de les rattraper au plus vite.

CHAPITRE IV
.... 666   Dans lequel ......
Mylord apprend a connaître
que « la valeur n'attend ...
pas le nombre des années ».

CHAPITRE IV

Dans lequel Mylord apprend à connaître que « la valeur n'attend pas le nombre des années ».

Ce premier jour, nos trois amis fournirent une course formidable. De Fontainebleau ils regagnèrent Paris, le traversèrent sans arrêt, puis toujours chevauchant, par Saint-Denis, Senlis et Compiègne, au coucher du soleil, ils avaient atteint la vieille ville de Noyon, après avoir parcouru près de trente lieues. A peine avait-on mis pied à terre une demi-heure à Senlis, pour manger un morceau et repartir. Aussi le cadet d'Estirac, dont l'estomac avait des exigences impérieuses, entendait bien largement compenser, par un repas digne de ce nom, la hâtive collation de l'après-dîner.

Mais une fois à Noyon, malgré les protestations de Pierre qui entendait souper confortablement, Gaston fit choix d'une hôtellerie de peu d'apparence, située sur une grande place, en face de la cathédrale.

Gaston avait été particulièrement séduit par la disposition intérieure de la cour, qui, outre l'entrée principale, comportait encore deux portes basses ouvrant sur des ruelles tortueuses.

En cas d'alerte on pouvait ainsi s'échapper par trois issues différentes.

L'hôtellerie valait d'ailleurs mieux que sa mine. Car une heure après leur arrivée, nous trouvons nos trois héros attablés dans la salle haute, devant un repas plantureux.

Gaston, rassasié depuis longtemps, semblait plongé dans de profondes réflexions.

Pierre, le visage épanoui, agrandissait sans trêve une large brèche ouverte par lui-même au flanc doré d'un pâté.

Soudain François qui, depuis un instant, regardait par la fenêtre, jeta un cri de surprise.

— Nous sommes suivis, dit-il à ses deux frères. Voici l'homme de l'auberge du Cheval-Blanc !

Et il leur montra debout, au centre de la place, un individu qui en inspectait les diverses maisons.

— Tu es certain, François, que c'est le même homme ?

— Absolument sûr; persuadé qu'il nous est inconnu, il n'a rien changé à son costume.

— Dans ce cas, il est important que nous connaissions bien tous trois sa figure.

— Garde la lettre, François, ajouta Gaston en tendant le pli à son jeune frère; nous revenons à l'instant. Si l'individu nous cherche quelque mauvaise querelle, j'aime autant n'avoir pas cela sur moi. Toi, Pierre, tu m'accompagneras pour reconnaître l'ennemi à l'occasion.

Demeuré seul, François se prit à réfléchir profondément en contemplant la précieuse missive.

Sans doute ses réflexions le conduisirent à une idée prodigieuse et qu'il fallait réaliser sur-le-champ, car il se hâta d'aller tirer le verrou de la porte. Cela fait, il se

— Nous sommes suivis, voici l'homme de l'auberge du Cheval-Blanc.

pencha sur la lettre royale et se livra à diverses opérations aussi délicates que mystérieuses.

Il les achevait à peine lorsqu'il entendit frapper : c'étaient les deux aînés qui rentraient.

Ils s'étaient absentés au plus durant une demi-heure ; mais cette demi-heure avait été pleine d'événements, comme le petit François put s'en apercevoir à l'aspect de ses deux compagnons.

Le pourpoint de Pierre d'Estirac était tailladé en deux endroits, au bras et à la hanche, mais fort heureusement l'étoffe seule était endommagée.

Quant à Gaston il tenait à la main la poignée de son épée dont la lame était brisée à quelques pouces de la coquille ; sous le bras, il portait une autre épée nue.

— Eh bien ! M. de Morcenx avait prévu juste, il y a eu bataille, et belle bataille ma foi, clama notre ami Pierre en se laissant choir sur un tabouret de bois.

— Racontez vite ! demanda François, quel dommage de n'avoir pas été là.

— Gourmand, fit Pierre avec un bon rire.

Et tout enflammé encore du combat qu'il venait de soutenir, il fit à son cadet le récit des événements que nous allons raconter à nos lecteurs.

Lorsqu'ils furent arrivés sur la place, Gaston et Pierre s'aperçurent que l'inconnu s'était reculé jusqu'au mur de la cathédrale, l'avait contournée et se tenait à présent dans l'ombre d'un des contreforts, à l'entrée d'une ruelle étroite qui, longeant l'église, passe sous une vieille voûte crénelée.

Avec l'allure indifférente de deux promeneurs, nos amis s'avancèrent dans sa direction.

L'inconnu ne les quittait pas des yeux : comme François l'avait dit, c'était bien le Mylord de Fontainebleau.

Lui-même reconnut également les deux frères, quand ils furent près de lui, grâce au signalement fourni par maître Hanspach. Alors il jeta un coup d'œil perçant dans les profondeurs de la ruelle. Puis, sans doute satisfait

Pierre para le coup avec une précision merveilleuse.

de ce qu'il avait pu distinguer, malgré l'épaisseur des ténèbres, il se décida à sortir de l'ombre et marcha droit sur nos deux amis.

— Messieurs, dit-il en dissimulant de son mieux un accent anglais assez prononcé, pourriez-vous m'indiquer une bonne hôtellerie dans cette ville? Je suppose que, comme moi, vous êtes des voyageurs et, à votre mine, je me figure que vous avez dû trouver bon gîte et bonne table. Rien qu'aux belles couleurs de ce gentilhomme (et il regarda Pierre d'un air plein d'impertinence), je devine qu'il a fort bien soupé... Trop bien, peut-être ! ajouta-t-il d'un ton railleur, en voyant la face de Pierre s'enflammer de colère à cette injurieuse apostrophe.

— Monsieur l'insolent, murmura le jeune homme d'un ton singulièrement farouche, je ne sais si j'ai trop bien soupé ce soir, mais je me sens une furieuse envie de vous faire passer ici-même, à vous, le goût de souper désormais...

Les deux hommes tirèrent l'épée au même instant.

— Parbleu, je disais bien, continua l'Anglais, cet excellent gentilhomme éclate ; il réclame une petite saignée !

Et reculant de deux pas, comme Pierre fondait sur lui, l'épée haute, il lui porta une botte à fond. Mais celui-ci para le coup avec une précision merveilleuse.

Gaston, décidé à rester neutre, attendit l'issue du combat avec tranquillité, confiant dans l'habileté et la vigueur extraordinaire de son cadet.

Mylord cependant ne revenait pas d'une si vigoureuse résistance. A bon droit il se considérait comme un escrimeur de première force ; il avait trempé plus d'une chemise dans les salles d'armes réputées de l'école française et de l'école italienne. Et voilà qu'un tout jeune homme, presque un enfant, le tenait en échec et déjouait ses feintes les plus astucieuses, comme s'il se fût joué de ce fer brillant et rapide qui voltigeait sans cesse autour de sa poitrine.

Pierre, cependant, confiant dans la solidité de son poignet que les battements précipités de son adversaire n'arrivaient pas à faire dévier d'une ligne, se contentait de parer, fidèle à cette pratique qu'il tenait du vieil écuyer de son père, de laisser se fatiguer l'ennemi tout à loisir.

Puis, quand il sentit son homme à point, lassé et énervé par l'inutilité de ses attaques, il attaqua lui-même à son tour avec une fougue irrésistible. Son épée semblait se multiplier et menacer de tous côtés en même temps, le corps maigre de l'Anglais abasourdi.

Comprenant alors qu'il n'aurait pas aisément le dessus, Mylord changea aussitôt de tactique ; cessant d'attaquer, il se mit à rompre dans la direction de la voûte, tandis que Pierre le poussait vigoureusement.

Soudain, l'Anglais fit entendre une sorte de sifflement étrange, et de l'ombre de la porte s'élancèrent trois hommes armés, qui chargèrent le cadet d'Estirac. Aussitôt, Gaston dégaina et se mit à ferrailler rudement aux côtés de son frère.

Cette fois la lutte fut ardente et courte. Au bout d'un instant, l'un des assaillants, le bras traversé par le fer de Gaston, lâchait son arme et prenait la fuite. Un moment après, Pierre, d'un terrible revers d'épée, fendait le crâne d'un second malandrin, tandis que Gaston, à son tour, faisait tête à l'espion anglais.

Quant au dernier acolyte de Mylord, il essaya de poignarder Pierre dans le dos. Mais le vigoureux jeune

Mylord, cependant pressé par Gaston, avait gravi à reculons les trois marches conduisant à une petite porte basse.

homme était sur ses gardes. Saisissant le gredin à la gorge, il le jeta violemment contre une borne de la rue, où le misérable demeura étendu, à demi assommé par la rudesse du choc.

Seul de sa troupe, Mylord était encore debout.

— Laissez-le-moi, baron, je vous en supplie! clama Pierre.

Mylord, cependant pressé par Gaston, avait gravi à

reculons les trois marches conduisant à une petite porte basse qui donnait accès dans l'église ; et tout à coup comme Gaston lui détachait un coup droit irrésistible, la petite porte céda derrière lui ; Mylord disparut derrière l'édifice, tandis que l'épée de Gaston volait en éclats contre les ferrures de la porte refermée.

— Nous ne pouvons songer à poursuivre ce lâche dans l'église, dit le jeune baron à son frère. Crois-moi, rentrons à l'auberge où François doit être fort inquiet. Notre succès est assez glorieux pour aujourd'hui et l'espion vien d'apprendre à nous connaître.

— Sangdious ! avait répondu Pierre, quand notre cousin d'Artagnan apprendra cette histoire, je crois qu'il sera content de nous !

— Avec tout cela, conclut François, quand son frère eut achevé son récit, voilà Gaston désarmé...

— Mais non, petit François, mais non ! je me suis autorisé, sans aucun scrupule, à remplacer par l'épée d'un des bandits qui nous ont attaqués, celle dont la lame est restée dans la porte de l'église. Et ma foi, elle n'est pas mauvaise du tout cette épée de spadassin, ajouta-t-il en la faisant plier contre la muraille...

CHAPITRE V
666 ... Dans lequel.
Mylord achète chèrement une
victoire qui ressemble fort...
. a une défaite. 666 ....

CHAPITRE V

Dans lequel Mylord achète chèrement une victoire qui ressemble fort à une défaite.

Échappé à l'épée du baron d'Estirac, grâce au hasard vraiment extraordinaire qui avait fait céder sous la pression de son épaule la petite porte de l'église à laquelle Gaston l'avait acculé, l'espion anglais attendit avec patience que ses deux ennemis triomphants se fussent éloignés. Ensuite il sortit de l'église, se glissa hors de la ruelle, et, sans prendre aucun souci de ses deux compagnons d'embuscade qui râlaient sur le pavé, il courut à un hangar voisin où l'attendait un cheval tout sellé. Seul désormais, il comprenait bien qu'il ne pouvait rien tenter sur le territoire français contre les jeunes courriers de M. de Morcenx.

C'est pourquoi il résolut de partir pour les Flandres au plus vite, afin de les devancer, s'il le pouvait, en crevant autant de chevaux que cela serait nécessaire. Grâce à l'or dont il était abondamment pourvu, il fit tomber tous les obstacles, rejoignit les lignes du prince Eugène, se fit reconnaître et obtint une escorte de dix fantassins et de quatre cavaliers. Avec cette petite troupe, il se mit à battre toutes les routes conduisant au camp français, dans l'espoir d'intercepter au passage la lettre royale.

Furieux de sa déconvenue, mylord l'espion était décidé à tout pour triompher dans une prochaine rencontre. Il avait promis formellement à lord-Albemarle de lui apporter la missive du roi de France. Coûte que coûte il s'en emparerait !

De leur côté, après deux rudes journées employées à chevaucher, nos jeunes amis atteignirent, sans aventure, le Câtelet. Là, on leur apprit que les avant-postes du prince Eugène occupaient la campagne environnante et surveillaient les abords du camp français, installé entre Haspres et Noyelle-sur-Selle, à six grandes lieues de là. Ils résolurent, en conséquence, d'attendre la pleine nuit pour tenter le passage des lignes ennemies. D'ailleurs, il était indispensable de laisser souffler les chevaux surmenés par cette course folle de trois jours.

Gaston était toujours porteur de la missive que François lui avait rendue à Noyon, sitôt après le duel. Il l'avait serrée sur sa poitrine avec un soin minutieux, sans remarquer qu'en lui donnant cette lettre, François avait eu un petit sourire singulier qui voulait dire bien des choses.

Donc, vers les onze heures du soir, fuyant les grandes routes trop périlleuses pour eux, les trois frères s'engagèrent dans un petit ravin caillouteux qui longeait les bords de la Selle et devait, par conséquent, aboutir aux environs de Noyelle, c'est-à-dire en plein camp français. S'il semblait favorable pour cacher leur marche, le che—

Mylord résolut de partir pour les Flandres au plus vite, afin de les devancer, s'il le pouvait, en crevant autant de chevaux que cela serait nécessaire.

min n'était guère praticable. Aussi n'avançaient-ils qu'avec précaution, Gaston en tête, François au centre et le robuste Pierre à l'arrière-garde.

Il y avait déjà longtemps qu'ils cheminaient ainsi, et les premières lueurs d'un jour très pâle commençaient à dorer les cimes des arbres sans en percer l'épaisseur, tandis qu'une obscurité profonde baignait encore la route qu'ils suivaient.

Pour la troisième fois le cheval de Pierre vint à buter.

— Sangdious ! qu'il fait noir, grommela le jeune homme en tirant brusquement sur les rênes. Je n'y vois pas plus clair que mon cheval.

— Nous allons donc vous éclairer, cher monsieur, clama une voix railleuse qui sortait du taillis voisin, et que les trois frères reconnurent pour celle de leur infernal espion.

En même temps, une salve de mousqueterie illumina l'ombre, et une volée de balles vint siffler aux oreilles des jeunes gens.

— Personne de touché ? demanda Gaston d'une voix haletante.

— Personne ! répondirent ensemble Pierre et François, encore étourdis de cette alerte subite.

— Au galop, alors, avant qu'ils ne rechargent !

Et les trois frères piquèrent des deux, tandis qu'une petite troupe, composée de dix piétons et de quatre cavaliers, dont Mylord, se précipitait hors du taillis.

— Suivez-les au pas de course, commanda-t-il aux fantassins, ainsi qu'à deux des cavaliers.

Moi et vous, ajouta-t-il en se tournant vers le troisième, nous allons essayer de leur couper la route. Et si vous les laissez échapper, brigands, vous serez tous pendus ! Allez...

Ayant dit, Mylord s'enfonça de nouveau sous les arbres, suivi du compagnon qu'il avait désigné.

Le temps dépensé à donner ces ordres avait permis à nos amis de prendre un peu d'avance. Malheureusement, leurs chevaux, mal reposés des précédentes fatigues, s'épuisaient rapidement. Seul, celui du petit François, qui portait une charge moins lourde, avait dépassé les deux autres. Il partit comme une flèche, à un train tel que Gaston crut que François n'était plus maître de sa monture, sans doute affolée par les détonations.

Décidé à rattraper son frère coûte que coûte, Gaston enfonça ses éperons dans les flancs de son cheval... Mais, après un dernier effort, l'animal surmené s'abattit.

— Baron, dit alors Pierre à son frère, vous portez la lettre du roi ; dussions-nous tous périr, il faut qu'elle arrive. Prenez mon cheval. Je vais arrêter ceux qui nous poursuivent.

Voyant qu'il hésitait à l'abandonner, Pierre descendit de sa monture. Puis il saisit Gaston aux hanches, le jeta en selle et cravacha la bête qui partit d'un trait.

Une fois seul, Pierre fortifia sa position. Derrière le cheval abattu, il entassa quelques grosses pierres, de façon à barrer le ravin : à l'abri de cette barricade sommaire, il se coucha à plat ventre, les pistolets au poing, l'épée aux dents.

Au bout d'un quart d'heure d'attente, un bruit de pas cadencé frappa son oreille : quelques minutes après, les fantassins qui avaient fait feu sur lui tout à l'heure débouchèrent dans le chemin creux.

A leur suite chevauchaient deux des cavaliers ; Pierre

remarqua avec étonnement que Mylord n'était pas avec eux.

Il remarqua aussi que les soldats avaient enfoncé la baïonnette dans le canon de leur arme; il en conclut judicieusement que, si ces gaillards s'interdisaient ainsi de tirer de nouveau, c'est que les avant-postes français ne pouvaient être loin.

Cette idée le ragaillardit tout à fait, et, c'est le sourire aux lèvres qu'il attendit l'attaque.

N'ayant pas les mêmes raisons que ses ennemis de craindre le bruit, le cadet d'Estirac reçut les deux premiers assaillants qui se présentèrent, par deux coups de pistolet, lâchés presque à bout portant. Puis, profitant de la stupeur des survivants, il se dressa, saisit de sa main gauche un mousquet, dont il se fit une massue, tandis qu'il s'escrimait de la droite avec l'épée. Ainsi armé, debout derrière son retranchement, ce formidable jeune homme fit une véritable bouillie de ceux qui affrontèrent ses coups.

En un instant la place fut nette. Six des soldats étaient par terre; deux autres avaient fui; quant aux deux cavaliers, peu soucieux d'affronter un pareil champion, il s'efforçaient de tourner bride. Mais Pierre ne l'entendait pas ainsi.

Il lui fallait un cheval pour rejoindre Gaston et François. Sans hésiter, il bondit par-dessus son abri, empoigna l'un des cavaliers par la jambe et le lança contre le sol, tandis que l'autre prenait la fuite. Après quoi il sauta lui-même en selle et partit au grand galop, à la recherche de ses deux compagnons.

Une douloureuse surprise l'attendait.

A un tournant du ravin, le cheval de Gaston gisait, les fers en l'air, et Gaston lui-même était étendu sans mouvement sur le bord du chemin.

Pierre d'Estirac, debout derrière son cheval, fit une bouillie des assaillants.

— Sangdious! rugit Pierre qui devint pâle.... plus pâle que son frère évanoui.

Tremper son mouchoir dans le ruisseau le plus proche, baigner d'eau fraîche le visage de Gaston et soulever doucement sa tête, tout cela fut pour Pierre l'affaire d'une seconde.

Sous la fraîcheur de l'eau, le baron d'Estirac se ranima.

— Il vit! il vit! murmura Pierre dont le visage s'éclaira de joie.

Gaston, cependant, d'un geste machinal, porta la main à sa poitrine; ne trouvant rien sous l'étoffe déchirée, il jeta un grand cri.

— La lettre! s'écria-t-il, ils ont pris ma lettre!

Et il s'évanouit de nouveau.

Expliquons rapidement à nos lecteurs ce qui s'était passé durant que Pierre faisait face aux soldats de Mylord. Celui-ci avait galopé sur la hauteur boisée, jusqu'à un endroit qui dominait un des tournants du ravin. Embusqué là, d'un coup de pistolet il avait abattu au passage le cheval de Gaston. Celui-ci passa par-dessus l'encolure et, dans la chute, sa nuque porta si rudement contre une pierre qu'il s'évanouit. Mylord, le croyant tué sur le coup, sauta en bas du talus, fouilla le jeune homme, prit la lettre et courut bride abattue jusqu'à Denain, où il se fit introduire auprès du gouverneur anglais, auquel il tendit fièrement l'enveloppe aux armes de France.

Mais, à peine lord Albemarle eut-il jeté les yeux sur son contenu qu'il éclata en invectives contre son émissaire. Le pli contenait... une simple feuille de papier avec ces mots:

« Toutes mes civilités à Mylord l'espion.

« FrançoisD'Estirac. »

CHAPITRE VI
« « « .. Dans lequel ..
se justifie enfin le titre de
... notre récit. » » » . . . . . .
M.S.

CHAPITRE VI

Dans lequel se justifie enfin le titre de notre récit.

Nous avons laissé le cadet d'Estirac au fond du ravin de la Selle, prodiguant ses soins les plus attentifs à son frère Gaston, toujours évanoui.

L'infortuné Pierre se sentait envahi d'un immense désespoir.

Ainsi, malgré leur vaillance, tout était perdu ; son frère aîné était blessé, tué peut-être ; son cher petit François disparu, et la lettre royale était aux mains des ennemis !

Si je ne parviens pas à ranimer Gaston, se disait-il, si je ne retrouve pas François, je ne survivrai certes pas à ce double malheur. J'irai droit au camp ennemi, une fois là, j'en tuerai le plus que je pourrai jusqu'à ce qu'on me tue moi-même... Et c'en sera fini de la lignée des d'Estirac.

Comme il roulait en son esprit ces pensées lugubres,

il entendit de nouveau résonner, sur le chemin, des pas de chevaux de plus en plus proches.

— Voilà l'ennemi qui revient en force, pensa-t-il. Allons, tant mieux ! je n'aurai pas à aller plus loin pour mourir ; on me tuera sur son corps...

Mais à ce moment même déboucha sur le chemin une petite troupe de cavaliers qu'il reconnut pour des Français. A leur tête chevauchait un vigoureux vieillard dont les cheveux, blancs comme la neige, s'échappaient en longues boucles sous un tricorne galonné d'or fin.

Dans son visage profondément sillonné par l'âge et les fatigues de la guerre, étincelaient deux yeux ardents, d'une surprenante vivacité. Sous son nez, busqué comme un bec d'aigle, deux longues moustaches, toutes blanches elles aussi, se retroussaient fièrement vers le ciel. Bref, la physionomie héroïque de ce personnage respirait, à la fois, une indomptable énergie, une finesse aiguë et une immense bonté.

Cet homme ainsi bâti (comme dit le bon La Fontaine), n'était autre que M. le maréchal de Montesquiou, l'ancien capitaine des mousquetaires de Sa Majesté, le glorieux, l'illustre et l'invincible *d'Artagnan*.

Mais quelle ne fut pas la surprise de Pierre en voyant, perché sur l'arrière de la selle du maréchal, son cher cadet, le petit François, qui lui faisait de grands signes de la main.

A cet instant, Gaston rouvrit les yeux et se dressa sur son séant...

— Ma lettre? cria-t-il encore... ils ont pris ma lettre !

— Nenni, mon beau et vaillant cousin, ils ne l'ont pas prise, rassurez-vous, clama la voix sonore de d'Artagnan; la preuve... c'est que la voici !

Et, aux yeux émerveillés de Gaston et de Pierre stupéfaits, le maréchal agitait un chiffon de papier.

— Rassurez-vous, s'écria d'Artagnan, ils n'on pas pris la lettre,
puisque la voici.

Derrière lui, s'agitant comme un beau diable, François rayonnait d'allégresse et d'orgueil. . . . .

. . . .

. . . .

Si Mylord fut rempli de surprise et de confusion quand, dans l'enveloppe dérobée par lui à Gaston, il trouva les compliments ironiques de François au lieu de la missive du roi de France, nos lecteurs n'ont pas dû être aussi étonnés que lui.

Ils se sont rappelé que François, s'enfermant seul dans l'auberge de Noyon, avait fait subir à la fameuse enveloppe, des opérations mystérieuses; et aujourd'hui ils ont deviné, sans aucun doute, la nature de ces opérations.

François s'était dit qu'en cas d'attaque il pourrait s'échapper plus aisément que ses deux frères. Il s'était donc emparé de la lettre, en soulevant le cachet de cire, sans en briser l'empreinte, avec la lame de son poignard, légèrement chauffée. Puis il avait remplacé la missive royale par la lettre que nous savons; enfin il avait refermé habilement l'enveloppe sans rien dire à ses frères qui, sans doute, n'auraient pas accepté une combinaison aussi aventureuse et aussi périlleuse pour leur jeune cadet.

Lors de l'attaque dans le ravin, le premier mouvement du brave petit garçon avait été de combattre à leurs côtés, dans la mesure de ses forces. Mais, au même instant, il avait réfléchi qu'il fallait avant tout sauver son message, le vrai message dont il est porteur.

Désolé d'abandonner Pierre et Gaston, mais convaincu que son plus pressant devoir était d'échapper à l'ennemi, il avait disparu à si folle allure que ses deux frères, ignorant qu'il eût un motif grave de les abandonner en face du péril, le crurent emballé malgré lui par sa monture.

François donc, poussant son cheval de toutes ses forces, avait atteint les avant-postes français échelonnés entre Haspre et Noyelles. Là, il se heurta à une petite troupe

François poussa son cheval de toutes ses forces.

de cavaliers français, qui l'accueillirent avec la plus extrême défiance et se refusèrent à admettre que ce gamin de douze ans fût réellement un courrier d'Etat.

En vain François supplia et menaça tour à tour.

Même, quand il invoqua le nom de d'Artagnan, il fut d'autant plus mal accueilli qu'il avait affaire à un détachement des pages du général en chef, M. de Villars; et que ceux-ci exagéraient le petit sentiment d'inimitié de leur maître à l'égard du maréchal de Montesquiou.

Aux protestations du jeune d'Estirac, ces messieurs répondirent par des railleries.

François, absolument furieux, sauta à terre, mit l'épée à la main et marcha vers celui qui paraissait leur chef.

Les sourires impertinents de ce petit maître avaient particulièrement contribué à le mettre hors de lui.

— Une dernière fois, monsieur, faites-moi place, cria-t-il avec une crânerie superbe; ou bien, je vais m'ouvrir moi-même le passage.

Plein de dédain pour ce petit garçon qui faisait le tranche-montagne, le page de Villars dégaina en riant, persuadé qu'il désarmerait cet enfant en un moment.

Mais il fut cruellement détrompé; car, dès le premier choc, ce fut son épée à lui qui sauta de sa main et alla tomber à quelques pas de là.

Pâle de colère, le jeune homme ramassa son arme et bondit sur François qui le reçut avec vigueur; les deux adversaires étaient également acharnés et on ne sait ce qui fût advenu dans ce combat de plus en plus furieux, lorsqu'une voix impérieuse commanda : « Halte-là, messieurs ! »

C'était le maréchal de Montesquiou, le vigilant d'Artagnan qui, selon sa coutume, faisait tout seul sa tournée d'inspection.

— Qu'est-ce, monsieur d'Armaillé? dit le maréchal d'une voix sévère, vous tirez l'épée contre un enfant? Et vous, messieurs, que faites-vous dans mes lignes? Est-ce M. de Villars qui vous envoie pour surveiller son collègue M. d'Artagnan?

Les pages du maréchal de Villars courbaient la tête et se mordaient les lèvres, pleins de rage et de confusion d'être ainsi surpris en flagrant délit d'espionnage par le vieux maréchal.

Seul, M. d'Armaillé voulut prendre une allure arrogante.

— Si nous sommes ici, monsieur le maréchal, c'est par l'ordre de notre maître, le maréchal de Villars, général en chef des troupes de Sa Majesté.

— Vous êtes bien sûr de ce que vous m'affirmez là, monsieur d'Armaillé ?

— Monsieur le maréchal, je suis bon gentilhomme et...

— C'est bien, monsieur, je ne doute pas de ce que vous me dites; j'aurai l'honneur de m'en expliquer avec M. de Villars et de lui en dire ma façon de penser. Je vous prie même personnellement, monsieur d'Armaillé, d'aller trouver M. le maréchal et de lui demander audience pour moi... Maintenant, dites-moi, quel est cet ennemi terrible, ajouta, en désignant François, d'Artagnan dont la bouche railleuse souriait sous la grosse moustache. Il doit être plus dangereux qu'il n'est grand ; car, si je ne me trompe, il venait de vous désarmer lorsque je suis intervenu...

François, en entendant ce discours, comprit qu'il était enfin en présence de celui qu'il avait tant cherché, et

Dès le premier choc, l'épée du page lui sauta de la main.

se hâta de remettre la lettre. Puis, en quelques mots, il raconta son aventure, celle de ses frères, et comment, attaqués aux portes du camp français par des partisans ennemis, Pierre et Gaston avaient été traqués, poursuivis, et gisaient peut-être à ce moment, blessés ou morts, à une demi-lieue de là.

Le brave enfant fondit en larmes à la fin de son récit.

— Courons à eux d'abord, commanda d'Artagnan,

c'est le plus pressé. Messieurs, ajouta-t-il pour les pages, puisque votre maître vous a envoyés chez moi, je vous ordonne de m'escorter... Service du roi.

Durant la route, François, que d'Artagnan avait placé devant lui sur son cheval, raconta à son cousin, avec plus de détails, l'histoire de leur voyage et de la lettre.

Et voilà comment à l'instant même où Pierre, désespéré, croyait tout perdu, il fut secouru si inopinément par son jeune frère François et son vieux cousin d'Artagnan...

Bien qu'elle eût beaucoup saigné, la blessure de Gaston était assez légère; on donna des chevaux à nos deux héros, complètement rétablis l'un et l'autre; et ce fut au tour de Pierre à raconter ses prouesses dans le chemin creux, ce qu'il fit avec une parfaite modestie.

Le maréchal se montrait rempli d'enthousiasme pour la vaillance des jeunes gens et pour l'exploit fabuleux de Pierre. Comme Planchet à Paris, il évoqua d'une voix émue le souvenir de son cher et prodigieux Porthos, que Pierre lui rappelait d'une façon si surprenante.

Sitôt rentré au bivouac, d'Artagnan congédia son escorte improvisée.

— Vous annoncerez ma visite à M. le maréchal de Villars, messieurs, recommanda-t-il aux pages qui s'éloignaient.

Puis, quand ils furent partis, il donna l'accolade aux trois d'Estirac, et leur déclara que désormais ils faisaient partie de sa maison.

CHAPITRE VII

CHAPITRE VII

Dans lequel les trois pages de M. d'Artagnan prennent part à un conseil de guerre et reçoivent une nouvelle mission.

Lorsque d'Artagnan se retrouva seul, il relut à loisir la lettre de M. Voysin, ainsi conçue :

« Sa Majesté approuve fort votre projet d'une tenta-
« tive hardie sur le camp retranché de Denain.

« Elle vous prie d'en instruire M. de Villars et de
« faire effort pour le déterminer à cette opération pour
« laquelle je sais qu'il marque de la répugnance. Si vous
« n'arriviez pas à vaincre ses hésitations, mais que la
« force des choses entraînât quand même une action
« favorable sur Denain, Sa Majesté s'en réjouirait. En
« un mot, monsieur le maréchal, le roi vous saura le
« plus grand gré de tout ce que vous pourrez faire pour
« le triomphe de nos armes et le salut de la France. »

Comme il finissait cette lecture, un large sourire s'épanouit sur le visage de d'Artagnan ; ses yeux pétillaient de joie ; sans différer, il se fit amener son cheval ; puis, escorté par ses trois pages, il gagna la tente du général en chef, où il pénétra seul.

Villars, prévenu que le maréchal de Montesquiou venait de recevoir une missive directe de la cour, accueillit très froidement son collègue.

— M. d'Armaillé, cornette de mes pages, m'a fait connaître à l'instant votre désir de me voir, monsieur le maréchal ; et j'allais vous faire avertir que j'étais prêt à recevoir, aussitôt qu'il vous plairait, le grand honneur de votre visite ; mais le sujet dont vous voulez m'entretenir doit être de grave conséquence, puisque vous n'avez même pas attendu mon message pour me venir trouver.

— Monsieur le maréchal, répliqua d'Artagnan, j'avais en effet à me plaindre à vous de l'attitude de vos pages, attitude vraiment inexplicable.

— Que me dites-vous là, monsieur le maréchal ? l'un d'eux aurait-il manqué au respect qu'il vous doit ?

— Au contraire, monsieur le maréchal, je me plains qu'ils me fassent trop d'honneur, et un honneur dont je me passerais fort bien. Croiriez-vous qu'ils se sont pris d'un tel amour pour ma personne que, délaissant leur devoir qui est de vous accompagner, veiller et escorter ici, ils passent leur temps dans mes quartiers et à l'entour de ma tente, sans doute pour m'accompagner, m'escorter, me veiller, ou plutôt me surveiller moi-même.

— Monsieur le maréchal ! interrompit Villars...

Mais d'Artagnan reprit s'en s'émouvoir :

— Or, je n'ai que faire personnellement de ce supplément d'escorte, mes mousquetaires me suffisent pour garder mes lignes, et les gardent avec un zèle plus attentif que vos jeunes gens, qui ont failli tuer, à deux

Lorsque d'Artagnan se retrouva seul, il relut à loisir la lettre
de **M. Voysin**.

portées de mousquet de chez moi, un messager qui m'était adressé par Sa Majesté le roi de France. Leur zèle se montra d'autant plus maladroit, en la circonstance, que ce messager était un tout jeune homme ; je dirai même un enfant : et que, si cet enfant a réussi à désarmer le jeune **M. d'Armaillé** à la première flanconade, c'est que **M. d'Armaillé** n'est qu'un médiocre escrimeur.

— Je ne tiens pas, monsieur d'Artagnan, à ce que mes pages soient des bretteurs, déclara sèchement Villars, furieux intérieurement de la défaite de son page. Les duels, heureusement, ne sont plus en usage aujourd'hui et l'épée ne sort du fourreau que contre les ennemis du roi...

— Ou contre ses envoyés, comme je viens d'avoir l'honneur de vous le dire, continua d'Artagnan d'un ton glacial. Mais en voilà assez sur ce sujet, qui n'est pas celui qui m'amène auprès de vous, monsieur de Villars, l'occasion est excellente de changer la face de la campagne ; voulez-vous que nous reparlions du projet de Denain ?

— Encore cette rêverie ! Cher monsieur d'Artagnan, ma décision est irrévocable ; comme général en chef de l'armée, je me refuse à cette aventure.

— Et pourtant, monsieur de Villars, l'aventure nous a réussi jusqu'ici : l'affaire de Bouchain où je vous entraînai...

— Permettez, monsieur ! l'affaire de Bouchain a été ordonnée par moi, et par moi seul.

— Comment, vous osez soutenir ?... clama d'Artagnan dont le regard flamboya tandis que sa main cherchait la poignée de son épée. Monsieur de Villars, dans toute ma carrière de soldat, voici le premier démenti que je reçois sans qu'il en coûte la vie à son auteur. Ce que j'en fais est par respect pour la discipline dont je dois l'exemple à mes troupes... Adieu, monsieur !...

Et soulevant la draperie de la tente d'un geste furieux,

— Il faut que j'ai des indications sur l'ennemi, dit d'Artagnan, et je vous les envoie chercher à Denain même.

d'Artagnan sortit, les sourcils froncés, la moustache hérissée, les yeux en flammes, la main encore crispée sur la garde de son épée.

Sans prononcer un mot, il regagna ses quartiers au grand trot, suivi des trois jeunes gens.

— Cousins, leur dit-il dès qu'il fut seul avec eux, tout jeunes que vous êtes, vous avez montré, en me rejoignant ici, une bravoure, une énergie et une finesse que bien des hommes faits n'auraient pas égalées. A présent, vous allez m'écouter avec attention; car il faut que je vous explique brièvement l'état de nos forces et celui des forces ennemies avant de vous dire le nouveau service que j'attends de vous. En vérité, je bénis mon neveu de vous avoir envoyés à moi; car, pour le but que je rêve, je n'aurais pu employer aucun des officiers de mon armée. Regardez attentivement cette carte, cousins, et suivez bien mes indications. L'armée du prince Eugène tient la campagne entre Denain et Landrecies, de l'autre côté de la Selle, dont nous occupons la rive gauche. M. le maréchal de Villars (que malgré tout j'estime comme un fort brave homme et un homme de guerre expérimenté) s'entête à vouloir que nous nous portions au secours de Landrecies. Moi, je médite un coup plus hardi; c'est l'autorisation de tenter cet effort que j'avais fait demander au roi et que François m'a apportée.

— Eh bien, alors? dit Gaston.

— Eh bien, M. de Villars ne veut pas se rendre à mes raisons; et, comme il commande en chef, je dois m'incliner pour le moment. Mais je ne désespère pas de convertir M. de Villars à mon projet et au besoin de l'y entraîner malgré lui. Aussi, pour ne rien risquer à la légère, il me faut des indications précises sur les forces hollandaises enfermées à Denain sous les ordres de mylord d'Albemarle. Et ces indications-là, cousins, je vous les envoie chercher à Denain même.

— Quand partons-nous ? interrogea simplement Gaston.

— Vous allez d'abord parcourir nos lignes avec moi pour vous familiariser avec la vue d'un camp et apprendre à juger d'un coup d'œil l'importance d'une troupe. Et puis, après... dame ! après, il faudra trouver un moyen d'entrer dans Denain ; je parle pour vous, baron, et pour Pierre, car je garde François.

— Oh ! mon cousin, je vous en prie, ne me séparez pas d'eux ! implora François ; d'ailleurs, ajouta-t-il gravement, j'ai une combinaison.

— Voyez-vous ça ! Et comment est-elle faite, ta combinaison, petit futé ?

— Eh bien ! je crois qu'il est essentiel que nous partions tous les trois. Gaston et moi nous entrerons dans Denain ; Pierre se cachera aux alentours, et moi, qui en ma qualité d'enfant éveille moins les soupçons, je pourrai plus facilement servir d'intermédiaire entre eux.

— Sais-tu, petit cousin, qu'elle est tout bonnement merveilleuse, ton idée ? Mais vraiment t'exposer ainsi !...

— Monsieur le maréchal, si cela peut servir la France, vous n'avez pas le droit de m'épargner.

— Sangdious, François ! tu es un joli et fier garçon ! Pars donc avec eux. Mais, j'y songe, avec votre accent de Bigorre, vous allez vous trahir tout de suite.

— Monsieur le maréchal, observa Gaston, quant à moi, je n'ai pas grand accent; et, d'ailleurs, je parlerai le moins possible. Pour François, il s'est tant amusé durant le voyage à imiter les divers patois des pays que nous avons parcourus, depuis le Limousin jusqu'à la

Navré de son inaction momentanée, le cadet d'Estirac se dirigea
vers la pauvre auberge.

Picardie, en passant par la Beauce, qu'il est devenu très fort à ce petit jeu. Je suis sûr qu'à l'heure actuelle il ferait le Flamand mieux qu'un Flamand authentique.

— Ça êdre frai te frai, sais-tu, montsir lé maréjal! affirma le petit homme d'un ton si comique que le brave d'Artagnan se mit à rire aux éclats.

Après avoir parcouru le camp français et avoir reçu les dernières instructions de d'Artagnan, les trois seigneurs d'Estirac sortirent des lignes par le village d'Haspres, et traversant en biais le plateau qui sépare la Selle de l'Escaillon, ils arrivèrent dans le voisinage des retranchements ennemis.

On pense bien que nos trois frères n'avaient pas conservé l'aspect pittoresque, mais beaucoup trop remarquable, que nous leur avons vu à la porte Saint-Jacques. Ils n'avaient pas non plus, quel qu'en fût leur désir, revêtu la casaque aux armes du maréchal.

Au contraire, ils s'étaient attachés à se rendre méconnaissables. Des perruques blondes couvraient leurs cheveux noirs; Pierre et Gaston portaient la redingote à larges basques et le chapeau de feutre rond, en usage chez les gros fermiers de la région; enfin, François n'avait eu qu'à déchirer un peu plus le vêtement déjà fort mûr avec lequel il avait voyagé et à remplacer son béret basque par un mouchoir noué sur ses cheveux, pour se donner suffisamment l'aspect d'un des petits campagnards qu'on rencontrait sur les routes.

La partie la plus forte du camp du duc d'Albemarle s'étendait en carré autour du village de Denain; et une redoute avancée, sur la rive droite de l'Escaut, protégeait les rives de ce fleuve, à son confluent avec la Selle, un peu avant son entrée dans les retranchements.

A la crête du plateau, en face même de la redoute, nos trois amis avaient découvert une sorte de masure

qu'une branche d'if, pendue à la porte, désignait comme
une auberge.

L'endroit constituait pour nos amis un excellent
observatoire.

Aussi l'on décida que Pierre établirait là son quartier
général.

Gaston, cependant, se désolait devant la force des
ouvrages du camp ennemi.

— Jamais, disait-il, jamais nous ne pourrons, sans
nous faire voir, passer par-dessus ces retranchements.

En entendant ces mots, le petit François — qui con-
templait, depuis un moment déjà, le double ruban clair
de l'Escaut et de la Selle — releva la tête.

— Eh bien ! dit-il, qu'à cela ne tienne ! passons par-
dessous.

— Vraiment !... et par où ?

— Mais, par là !...

Et sa main tendue désignait la rivière.

— A la nage, tu veux dire ?...

— Pourquoi pas, s'il le faut ; mais gagnons toujours
les bords de l'eau, nous verrons ensuite.

Sur cette assurance, Gaston et François prirent congé
de Pierre qu'ils eurent toutes les peines du monde à
empêcher de les suivre.

Navré de son inaction momentanée, le cadet d'Estirac
se dirigea vers la pauvre hôtellerie tandis que ses deux
frères gagnaient prudemment la berge.

Affectant le parler lent et calme du pays, Pierre
aconta à l'aubergiste qu'il était un gros marchand de

fourrages, peu soucieux des querelles politiques et natio-
nales, et qu'il n'éprouvait aucun scrupule à fournir les
deux armées d'avoine, de grains et de paille, puisque,
ce faisant, il mettait du foin dans ses bottes. L'hôtelier
lui répondit qu'il était précisément du même avis que
lui; et cela avec une telle ardeur de conviction, que
Pierre se sentait une démangeaison incroyable d'étran-
gler ce mauvais patriote.

Il sut pourtant se maîtriser et acheva de conquérir
l'admiration de son hôte, en posant sur la table une bourse
de cuir au ventre rebondi, d'où s'échappèrent des louis
d'or, pêle-mêle avec des florins et des livres anglaises.

— Voilà en quelle monnaie je paye, déclara le jeune
homme, en étalant l'or sur la table... et voilà ce que
je fais de ceux qui me manquent de respect ! ajouta-t-il,
en tordant deux pièces d'or à la fois entre ses doigts,
comme si c'eût été de simples rondelles de papier.

A la fois ébloui et terrifié, l'aubergiste s'empressa
d'offrir à M. le fournisseur des armées sa propre
chambre. Pierre commença à se consoler lorsqu'en
cette hôtellerie de rencontre on lui eût servi un véritable
festin, digne d'une table impériale. Son seul désagré-
ment fut la bière ! En vrai fils du Midi, il l'exécrait.
Malgré cela, il en avala héroïquement six grandes
chopes, coup sur coup, pour soutenir dignement son
personnage de négociant flamand.

CHAPITRE
VIII
. . . . ₀₆₆₆   Dans lequel .
messire François fait . . . .
. a Denain une entrée . . .
sensationnelle . . . . . .

CHAPITRE VIII

Dans lequel messire François fait à Denain une entrée aussi sensationnelle qu'inattendue.

Cet après-midi du 21 juillet 1712, le camp de Denain offrait un spectacle tout à fait pittoresque.

On y voyait circuler des soldats de toutes armes et de tous pays ; les accents les plus divers s'y croisaient dans l'espace.

Ici on traînait des canons de siège ; là, on voyait passer un peloton de reîtres allemands au trot lourd de leurs chevaux mecklembourgeois ; près des fossés, trompettes et tambours s'exerçant aux sonneries, menaient un tapage infernal ; au loin, sur un large espace nu, entre l'Escaut et le village, les femmes regardaient manœuvrer lentement la grosse infanterie hollandaise. Mais c'est surtout au bord du fleuve que l'animation était extraordinaire.

Une interminable ligne de chariots, arrivés le matin

même de la forteresse de Marchiennes, par la route for-
tifiée que les alliés, dans leur orgueil, baptisaient déjà :
« le chemin de Paris », stationnait tout le long de la
berge, en aval d'un pont de bateaux jeté d'une rive à
l'autre de l'Escaut.

Sur les eaux du fleuve de lourdes péniches étaient
amarrées et une nuée de porteurs affairés s'occupaient
à décharger dans celles-ci le contenu du charroi, consis-
tant en munitions, armes et victuailles de toute espèce.

Ces porteurs n'étaient autres que les habitants mêmes
de Denain que mylord d'Albemarle avait fait réquisi-
tionner de vive force ; il y avait là tous les hommes
adultes, tous les vieillards encore valides du pays, et
même tous les garçons de plus de douze ans qui pliaient
sous les charges dont on les accablait sans répit.

Les braves Flamands, ainsi transformés en bêtes de
somme, travaillaient à regret sous la surveillance d'un
cordon de grenadiers impériaux, que commandait un
énorme sergent à figure rébarbative.

Cette lourde brute harcelait les déchargeurs, leur
prodiguait en allemand les plus violentes injures dès
qu'ils faisaient mine de souffler ou de prendre un instant
de repos. Enfin, quand ses invectives teutonnes lui
paraissaient ne pas produire l'effet qu'il en attendait, il
les renforçait de quelques coups de manche de hallebarde, appliqués sur les côtes des récalcitrants, avec une
vigueur qui révélait une grande habitude dans ce genre
d'exercice.

Les grenadiers s'amusaient follement à ce spectacle,

heureux de voir tomber, sur des épaules d'artisans et de bourgeois, des horions qu'ils avaient l'habitude d'endosser eux-mêmes, conformément aux usages disciplinaires alors en vigueur dans l'armée autrichienne.

Durant qu'ils peinaient sous les fardeaux, les soldats,

Le camp de Denain offrait un spectacle pittoresque.

pour se distraire, s'amusaient à jeter dans l'eau des liards, que les bambins du pays s'efforçaient de retrouver en plongeant au fond du fleuve.

L'un d'eux, un gamin qui n'avait pas dix ans, montrait à ce jeu une singulière habileté. Trois fois déjà il avait remonté à la surface, avec une piécette aux dents. Tout d'un coup on le vit pâlir, battre l'eau d'un seul bras avec des signes de détresse, puis s'enfoncer, sans doute paralysé par une crampe soudaine.

— Georges Fechtel ! C'est Georges Fechtel ! crièrent ses petits camarades.

Deux des déchargeurs firent mine d'abandonner leur besogne pour se jeter à l'eau. Mais le grand sergent intervint brutalement.

— Tout le monde à son poste, *tarteiffle !*

Et comme les deux hommes n'obéissaient pas assez vite, il les frappa du manche de sa hallebarde. Un long murmure courut dans la foule ; les soldats rompirent les faisceaux et apprêtèrent leurs armes ; un conflit semblait inévitable...

Cependant durant le brouhaha de cette révolte, tous les gamins s'étaient mis bravement à l'eau et fouillaient la rivière en des plongeons successifs afin de repêcher leur petit camarade.

— Petites canailles, hurlait le sergent en son langage, petites canailles, voulez-vous bien vite remonter et vous remettre au travail ! Si une fois j'en prends un par les oreilles, il n'aura plus jamais d'oreilles de toute sa vie, car je les lui arracherai et je les mettrai dans ma giberne !

Mais les petits nageurs ne se souciaient guère des imprécations de l'étranger : ils plongeaient sans relâche, tout à leur tâche de sauveteurs... Soudain on vit la tête d'un nageur émerger juste sous le tablier du pont du bateaux ; il cria : « Je le vois ! je le tiens ! » puis disparut de nouveau, mais pour reparaître un instant après, tout contre les péniches.

Comme vous n'en doutez pas, chers lecteurs, cette tête appartenait à un corps, et ce corps et cette tête appartenaient à un être vivant. Mais ce que vous n'avez peut-être pas deviné, c'est que tête et corps étaient la propriété une et indivisible de notre vaillant petit François.

François donc (donnons-lui son nom puisque nous l'avons reconnu) nageait vigoureusement d'un bras tandis que de l'autre il soulevait hors de l'eau la tête du petit disparu.

Enfin il parvint à se cramponner à l'une des amarres qui retenaient les péniches et, tant bien que mal, il parvint de là à gagner la rive, toujours chargé de son précieux fardeau.

En même temps que lui, tous les nageurs, voyant leur ami hors d'affaire, s'étaient décidés à regagner la rive.

Quant à François, sitôt hors de l'eau, son premier soin avait été d'étendre sur le sol le petit garçon encore évanoui. De toute part on l'aida à frictionner l'enfant, à lui insuffler de l'air dans les poumons, à rétablir la respiration et la circulation du sang.

Tant d'efforts furent enfin récompensés et, comme le pauvre petit noyé, enfin ranimé par tous ces soins, rouvrait les yeux, une bonne grosse femme tout en pleurs fendit la foule et se précipita sur lui. C'était sa maman qui, avertie de l'accident, était accourue au plus vite.

Folle de joie, elle embrassait son petit, l'enlevait dans ses bras, puis le pressait sur son cœur, riant et pleurant à la fois.

Quand elle fut un peu remise de sa première émotion, on lui désigna François comme le sauveur de son fils; alors elle eut un nouveau délire de tendresse et faillit étouffer sur sa poitrine notre héros, qui acceptait en souriant ses robustes accolades. Enfin, ayant reconquis le calme, elle déclara qu'elle voulait emmener au plus vite les deux enfants chez elle pour les réchauffer et restaurer complètement; deux mariniers prêtèrent leurs vareuses dans lesquelles Georges et François s'enveloppèrent, et, tout courant, ils s'en allèrent avec la bonne Mme Fechtel.

— Ouf! me voilà dans Denain! se disait François en trottant derrière la Flamande... Au tour de Gaston à présent, si c'est possible.

Et maintenant, par quel prodige notre ami s'était-il trouvé dans l'Escaut, sous le pont de bateaux, juste à temps pour sauver le rejeton de la digne Mme Fechtel?

Comme nous l'avons vu, Gaston et François avaient gagné les bords de la Selle; rampant à travers les ajoncs heureusement assez touffus, ils étaient arrivés au confluent de cette rivière avec l'Escaut, c'est-à-dire à l'endroit même où elle pénétrait dans le camp de Denain.

Se mettre à la nage et entrer tranquillement à la vue de tous, il n'y fallait pas songer. Gaston avait bien découvert un petit bras qui s'enfonçait sous une sorte de voûte étroite ménagée dans l'épaisseur de la fortification; mais une forte grille en fermait l'entrée.

— Voilà où les bras de Pierre nous seraient d'un fameux secours, murmura Gaston.

Dépité d'échouer ainsi, à quelques toises du but, François se mit à l'eau à son tour et nagea jusqu'à la grille. Là, il eut la joie de constater que son corps fluet et souple pouvait passer à travers les barreaux.

— Ma foi, j'entre toujours, chuchota François...

François eut bientôt fait de ramener à la surface le pauvre petit Georges à demi asphyxié.

Quant à vous, baron, tenez-vous dans le voisinage de Pierre ; une fois dans la place, je trouverai plus facilement le moyen de vous introduire à votre tour ; en tout cas, je me renseignerai de mon mieux.

... Puis, après avoir embrassé son frère, il se remit dans l'eau et se laissa emporter par le courant sous la voûte sombre...

Au bout de quelques instants il revit le jour; à cent mètres devant lui, le faux bras dans lequel il nageait se confondait à nouveau avec l'Escaut; alors, sûr de son affaire désormais, il replongea entre deux eaux tant qu'il eut du souffle.

Il arriva ainsi au pont de bateaux, et, en voyant les moutards barboter, il se réjouit en songeant qu'il pourrait facilement être pris pour l'un d'eux, quand il voudrait regagner la berge.

Il se promettait même de s'emparer sans scrupule des vêtements d'un retardataire, quitte à l'en indemniser plus tard... quand les Français entreraient à Denain.

C'est au moment même où il allait exécuter ce projet que l'accident du petit Fechtel était survenu, et que, cédant à son excellent cœur, François l'avait sauvé au risque d'être immédiatement reconnu comme étranger au pays, et arrêté sur l'heure comme espion des armées royales.

On verra plus loin comment ce mouvement de générosité, si périlleux pour lui-même, tourna au mieux de ses intérêts et l'aida puissamment dans l'accomplissement de sa mission.

Sitôt rentrée chez elle, Mme Fechtel s'empressa de coucher les deux enfants dans son grand lit et de faire sécher leurs vêtements devant le feu de la cuisine !

Tout en allant et venant, la brave dame proférait les plus violentes injures contre la garnison impériale de Denain.

— Ah ! les gredins ! s'écriait-elle, ça ne leur suffit pas

de nous traiter pire que des esclaves; de s'installer chez nous en maîtres, de boire notre bière et notre eau-de-vie sans jamais rien payer; de nous piller, de nous rançonner et de saccager tout dans nos maisons! Voilà maintenant qu'ils s'amusent à faire noyer nos pauvres petiots! Sans ce brave mignon-là, mon pauvre Georget était perdu... Ah! brigands, canailles, scélérats! Quand donc les Français nous débarrasseront-ils de cette vermine étrangère!

En entendant ces malédictions et ces plaintes, le petit François sentit son cœur soulagé d'une grosse inquiétude; car jusque-là, il avait attendu avec anxiété le moment où, restauré et réchauffé, il faudrait dire qui il était.

Dès lors que Mme Fechtel se montrait si bonne patriote, le mieux était de se découvrir à elle : certainement, cette brave femme, dont il avait sauvé le fils et dont il préparait la délivrance, lui serait toute dévouée.

François donc sauta en bas du lit, et, tout en enfilant ses vêtements bien secs et bien chauds, il expliqua à son hôtesse comment il s'était introduit à Denain.

Celle-ci parut à la fois émerveillée et terrifiée. Ah! bien sûr qu'elle aiderait François à se cacher! elle dirait au besoin que François était un cousin à son fieux, tout nouvellement arrivé à Denain. Sous le couvert de cette parenté, François pourrait aller et venir dans la place; tout en ayant l'air de polissonner avec les gamins du pays, il observerait les troupes, les batteries d'artillerie, les voitures de munitions, et en relèverait le compte exact.

A peine les choses étaient-elles ainsi réglées qu'on heurta violemment à la porte...

Mme Fechtel jeta un coup d'œil par le carreau de la fenêtre et se hâta d'aller ouvrir.

— Miséricorde, murmura-t-elle, c'est encore ce misérable Angliche, et dans quel état, Seigneur !

A la vue du nouvel arrivant, François, dont toutes les inquiétudes venaient de renaître, se dissimula du mieux qu'il put à l'abri d'une haute horloge qui projetait sur un angle de la pièce une ombre secourable ; dans l'Angliche annoncé par Mme Fechtel, il avait reconnu Mylord !...

CHAPITRE IX
. . . . . . ˹˹˹. Dans lequel, .
grâce a l'intempérance de Mylon
messire François trouve le . . .
moyen d'accomplir sa mission.

CHAPITRE IX

Dans lequel, grâce à l'intempérance de Mylord, François trouve le moyen d'accomplir sa mission aussi parfaitement que possible.

Le confident du duc d'Albemarle n'était pas seul. Derrière lui s'avancèrent un gros colonel hollandais à la mine placide et réjouie, et un grand cornette allemand, long, maigre et sec, plus vert de visage que l'écharpe verte qui soutenait son épée.

Il était visible que les trois gaillards avaient déjà bu plus que de raison, à la santé du prince Eugène... et aux dépens des habitants du pays. Mylord, surtout, semblait avoir résolu de noyer sous des flots de genièvre le mauvais succès de son embuscade au bord de la Selle.

Connaissant l'humeur de ses hôtes, Mme Fechtel, tout en soupirant, avait placé sur la table trois verres et un cruchon de grès à large panse, devant lequel ils s'attablèrent tous les trois avec une satisfaction visible.

Tout en buvant rasade sur rasade, Mylord, de plus en plus ivre, étalait orgueilleusement ses prétendues connaissances militaires.

Il tranchait du général en chef, indiquait d'avance ce que ferait M. le Prince et ce que n'oserait pas faire M. de Villars.

— Croyez-moi, mon cher de Dhona, disait-il au Hollandais, les Français se feront encore battre sous Landrecies par M. d'Anhalt-Dessau... Quant à nous, nous assisterons à cela, bien tranquilles, du haut de nos retranchements.

— Croyez-vous cela, Mylord? répondit M. de Dhona; et s'il prenait fantaisie à l'armée royale de nous attaquer ici?...

— Nous attaquer ici?. Vous n'y pensez pas, colonel. Songez donc que nous avons céans 23 escadrons anglais et impériaux, plus vos 10 bataillons hollandais à Denain même, et les 7 autres bataillons cantonnés à Thiault, tout prêts à accourir au premier appel. Ajoutez à cela nos 6 batteries de 4 pièces chacune. C'est facilement de quoi résister jusqu'à ce que M. le Prince nous vienne secourir. Rassurez-vous, M. de Villars, qui est un homme de guerre plein de prudence, ne risquera pas une pareille folie.

— Je la risquerais bien à sa place, moi, cette folie-là, répliqua M. de Dhona, et je connais quelqu'un qui serait bien homme à la lui faire risquer.

— Et qui donc, grand Dieu?

— Vous le connaissez comme nous ; c'est M. le maréchal de Montesquiou.

— Ah, ma foi, parlons-en ! Voilà trop longtemps qu'on me rabâche les oreilles avec ce héros d'un autre âge ! Oui, parlons-en de M. d'Artagnan ! Je vous concède que

Tout en buvant rasade sur rasade, Mylord, de plus en plus ivre, étalait orgueilleusement ses prétendues connaissances militaires.

c'est un homme fort énergique, un tempérament de fer et un joueur d'épée comme il n'y en a plus aujourd'hui... Mais c'est tout ; M. d'Artagnan de Montesquiou peut être un batteur d'estrade expérimenté, un organisateur d'embuscades, un partisan, une sorte de brigand militaire, de maréchal des spadassins ; mais il n'a rien d'un homme de guerre et d'un grand capitaine. Il ne se doute pas de ce qu'est une manœuvre à pied, une belle manœuvre d'ensemble comme celle que vous commandez si bien, mon cher monsieur de Dhona. Et je m'étonne fort qu'un officier de votre valeur fasse quelque cas de ce vieux débris de d'Artagnan ! Encore une fois, j'en tiens pour ce que j'ai dit : les Français se feront battre sous les murs de Landrecies ! Tenez, je suis si sûr de la défaite française, que je veux boire avec vous à la santé de M. de Villars ; il en a bien besoin, ce pauvre maréchal !

Comme, après cette bravade, Mylord reposait son verre qu'il avait vidé d'un trait, il aperçut à travers les brouillards de l'ivresse, la silhouette de notre ami François blotti dans l'angle de l'horloge.

— Qu'est-ce qu'il fait là, ce gamin ? bredouilla-t-il d'une voix pâteuse.

— C'est mon neveu, monsieur l'officier, se hâta de dire la brave Mme Fechtel.

François comprit qu'il fallait payer d'audace et s'avança hardiment.

— Comment t'appelles-tu ? demanda Mylord dont les yeux clignotants semblaient n'avoir plus la force de s'ouvrir.

— Che m'abelle Franz ! pour fous servir, répondit François empruntant un accent aussi flamand que possible.

— Franz ! tu dis Franz ? quel vilain nom ! ça ressemble à Français... ou François.

A cette réflexion faite au hasard par l'Anglais, François faillit se trahir... mais il se souvint à temps que si Mylord avait pu l'entrevoir un moment à peine, dans le ravin de la Selle, il ignorait certainement son nom de baptême...

— Ça être mon nom ! répéta encore François.

Soudain une lueur parut s'éveiller dans le crâne

François profita du sommeil de Mylord pour fouiller ses vêtements.

fumeux de l'ivrogne. Congestionné, les yeux hors de la tête, il contempla un moment François d'un regard étrangement fixe. Puis tout d'un coup, il se dressa sur ses pieds, frappa du poing la table, fit tomber à terre verres et cruchon, et murmura d'une voix étranglée par l'émotion et rendue bégayante par l'ivresse :

— Ah... Ah... mais... c'est... c'est bien ce...la ! je

t'ai vu dans le... ravin... oui... le ravin ! Et je te... connais : je te reconnais même... très bien... petit Franç...

Heureusement pour notre héros, la dernière syllabe, celle qui de Franç ou Franz eut fait « Français », s'éteignit dans la gorge de Mylord, en même temps que la dernière étincelle d'intelligence s'éteignait dans son cerveau obscurci d'eau-de-vie ; ses paupières retombèrent sur ses yeux, ses mains battirent l'air, et il s'écroula sur le sol, entraînant la table à sa suite, à la grande consternation de ses compagnons qui n'entendaient pas quitter sitôt la partie.

— Hein ! quoi ! qu'est-ce qu'il veut donc dire avec son ravin ? demanda le cornette à l'écharpe verte.

— Le voilà encore ivre-mort, constata le Hollandais flegmatique ; venez, Herr von Teuffel. Vous, madame l'hôtesse, vous allez coucher et soigner ce gentilhomme ; s'il manque de la moindre chose, votre maison sera brûlée.

Sur ces aimables paroles, M. de Dhona et le cornette von Teuffel se retirèrent en titubant.

Mme Fechtel écumait de rage. Perdant toute prudence, elle ne parlait de rien moins que de pousser dehors avec un balai cette ordure d'outre-Manche.

Mais François s'opposa de toutes ses forces à une aussi dangereuse rigueur. Instruit par les propos de Mylord, il connaissait à présent les forces de Denain mieux que mylord Albemarle lui-même.

Aussi il insista pour que l'Anglais qui l'avait si gratuitement renseigné fût traité avec toutes sortes de soins.

Georges reçut de François le laisser-passer de Mylord.

Il aida même Mme Fechtel à le déshabiller et à le mettre au lit.

Alors se souvenant que Mylord ne s'était pas gêné dans le ravin pour fouiller son frère Gaston, François ne se gêna pas davantage pour fouiller les habits de Mylord ; il eut la satisfaction d'y trouver un relevé détaillé des forces de la garnison, ainsi qu'un ordre signé du duc d'Albemarle enjoignant de laisser entrer et sortir le porteur dudit ordre, à toute heure du jour et de la nuit.

— Chère madame Fechtel, dit François après cette trouvaille, voici ma mission terminée. Pour ne pas vous exposer aux fureurs de ce misérable, je vais recopier cet état, afin qu'il conserve sur lui l'original. Quant à son laissez-passer, il m'est indispensable pour sortir ; mais si vous voulez me faire accompagner par votre petit Georges, je vais vous le renvoyer, avec le papier, d'ici deux heures au plus Cette brute ronflera encore et ne se sera aperçue de rien.

Une heure plus tard, François se présentait à la poterne. Derrière lui marchait le petit Georges Fechtel chargé d'une grosse bouteille.

En arrivant au poste, nouvelle alerte ! l'officier qui s'y trouvait n'était autre que le cornette von Teuffel.

— Tiens, c'est vous, mon jeune ami ? dit l'Allemand, où avez-vous pu avoir un laissez-passer ?

François ne se démonta pas. Son histoire était toute prête.

Reprenant son accent flamand, il raconta que Mylord s'était réveillé pour demander à boire. Mais il n'avait plus voulu de genièvre : il avait réclamé de cette liqueur que fabriquent les moines de l'abbaye de Saint-Amand, toute proche de Denain. Quand il apprit qu'il n'y en avait plus dans le pays, il avait exigé qu'on allât lui en chercher à l'abbaye même ; et il avait confié à Franz l'ordre du duc d'Albemarle.

Le cornette von Teuffel jubilait.

Cette idée d'employer un sauf-conduit secret, comme aucun autre chef que Mylord n'en possédait, pour envoyer chercher hors du camp des liqueurs de choix, enchantait son âme de buveur invétéré.

— Quel gaillard tout de même ! quel gaillard ! répétait-il en se frappant les cuisses de ses larges mains ! Si jamais le duc savait ! Enfin voilà l'ordre, il n'y a rien à dire... Jetez le pont, ordonna-t-il aux soldats de garde.

Dès que l'étroite planche eut touché l'autre bord du fossé, notre ami s'y engagea ; arrivé au milieu, il s'arrêta.

— Cheorges ! cria-t-il, Cheorges, la pouteille que j'ouplie !

Georges alors courut au milieu du pont, et, en lui remettant la bouteille, reçut le laissez-passer de Mylord qu'il cacha vivement sous sa veste, tandis qu'exultant de joie à l'idée de son succès, François s'éloignait d'un pas rapide.

Soudain, comme il longeait un buisson, deux ombres se dressèrent devant lui ; cette fois notre héros se crut perdu ; car, à la clarté de la lune, il avait reconnu l'uniforme des dragons impériaux du prince Eugène.

CHAPITRE
X
. . . . . 666 . Dans lequel . .
François retrouve ses frères
d'une façon fort inattendue.

CHAPITRE X

Dans lequel François retrouve ses frères d'une façon fort inattendue.

A la vue des deux cavaliers ennemis, François, sans armes, ne pouvait songer qu'à prendre la fuite. Mais il n'en eut pas le temps. A peine avait-il esquissé un geste de retraite que le plus grand des deux hommes le saisit, l'enleva comme une plume, lui fit un bâillon de sa large main pour empêcher un cri possible et l'emporta en courant vers un petit bouquet de bois où deux chevaux étaient attachés. Sans lâcher François, son ravisseur enfourcha l'une des bêtes; son compagnon sauta sur l'autre, et ils partirent au galop...

Alors celui qui portait l'enfant se pencha sur lui et l'embrassa avec une sorte de tendresse furieuse. Un rayon de lune ayant éclairé un instant la figure de cet ennemi si affectueux, la stupéfaction du petit page fit place à une joie intense; il venait de reconnaître, dans le visage penché sur lui les traits chéris de Pierre d'Estirac

— Ah! çà, murmura François quand il fut remis de son émotion, explique-moi comment...

— Chut, interrompit le second cavalier qui n'était autre que Gaston.

Le silence rigoureux prescrit par le jeune homme n'était pas une précaution superflue. On se souvient que François était sorti de Denain par la porte Nord-Est pour aller à Saint-Amand, c'est-à-dire dans la région occupée par des troupes impériales, échelonnées le long de la rive de l'Escaillon; Pierre et Gaston avaient pu s'aventurer dans ces dangereux parages sous des uniformes d'emprunt sur lesquels ils comptaient pour refaire le trajet inverse sans encombre, au milieu de la nuit. François, si l'on s'en inquiétait, passerait pour un petit paysan chargé de guider les deux dragons de Wurtemberg.

Mais ils n'eurent même pas à fournir cette explication, aucune sentinelle n'ayant songé à interroger les deux prétendus dragons. Ils achevèrent leur course sans être inquiétés le moins du monde, et au petit jour, ils aperçurent au loin les rives de la Selle où campait l'armée française.

On fit une courte halte pour laisser souffler les chevaux exténués, et François put apprendre enfin de ses deux frères l'histoire de leur étrange déguisement.

Après qu'il avait vu disparaître François sous les remparts dans le petit bras de l'Escault, Gaston avait

décidé de rejoindre Pierre à l'auberge et de parcourir
avec lui les alentours de la place à la recherche d'un
point faible où le vigoureux cadet d'Estirac pourrait peut-
être faire brèche.

Mais en face de l'auberge, le baron tomba dans un
parti de dragons wurtembergeois. Ceux-ci le firent pri-

Le plus grand des deux hommes saisit François et l'enleva
comme une plume.

sonnier après une résistance désespérée qui coûta à la
petite patrouille deux hommes sur les six qui la compo-
saient.

Estimant qu'il était trop tard pour regagner Denain,
le brigadier allemand se décida à rester dans l'auberge
avec sa capture; Gaston, les mains liées, fut enfermé

dans uu caveau solide, et les quatre soldats s'attablèrent dans la salle de l'auberge.

On leur proposa quelques bottes de paille pour passer la nuit; mais le brigadier réclama énergiquement un lit. En tremblant, l'hôtelier lui apprit que son unique chambre était occupée par un riche marchand de fourrages, venu pour traiter d'affaires avec les armées royales ou impériales, selon le prix qu'on lui offrirait de ses avoines.

Le brigadier alors déclara qu'il allait parler à ce manant et l'inviter à lui céder le lit de gré ou de force. Dans cette intention belliqueuse, il monta chez notre ami Pierre.

Que se passa-t-il alors? on l'ignore, car la modestie de Pierre se refusa toujours à faire connaitre les détails de cet épisode, même à ses frères. Quoi qu'il en soit, au bout d'un quart d'heure, l'un des dragons ne voyant pas revenir son chef, monta à son tour, entra... et ne redescendit pas non plus...

Les deux derniers cavaliers se décidèrent alors à un mouvement d'ensemble : mal leur en prit; car, dès qu'ils eurent frappé à la porte du jeune gentilhomme, celui-ci sortit brusquement, et précipita l'un des assaillants en bas des degrés, tandis qu'il étranglait à moitié l'autre dans la tenaille de ses doigts.

Bref, quelques instants après, les quatre dragons dépouillés de leurs uniformes et solidement ligottés avaient pris la place de Gaston dans le caveau. Nos deux jeunes gens jugèrent à propos de leur adjoindre l'hôtelier

Dans le visage penché sur lui, il venait de reconnaître son frère.

afin de ne pas être trahis par cet homme suspect; ils poussèrent même l'humanité jusqu'à placer, à portée des captifs, des victuailles et des bouteilles.

Le fait qu'ils possédaient maintenant des uniformes étrangers changea complètement les dispositions des

Pierre précipita l'un des assaillants en bas des degrés, tandis qu'il étranglait à moitié l'autre dans la tenaille de ses doigts.

deux frères. Ils résolurent de se glisser dans les lignes impériales, de voir tout ce qu'ils pourraient par ce moyen et, enfin, de pénétrer dans Denain pour y rejoindre François.

C'est ce qu'ils s'apprêtaient à faire, quand ils avaient rencontré, hors du camp, leur vaillant petit frère porteur des secrets du duc d'Albemarle.

— Et maintenant, conseilla Pierre, avançons avec précaution ; n'oublions pas que nous représentons des soldats impériaux et qu'il serait stupide d'avoir échappé à la vigilance des patrouilles ennemies pour tomber sous les balles de nos compatriotes.

— Il est bien plus simple de marcher en droite ligne vers le camp, observa Gaston ; dès que nous apercevrons une troupe, nous agiterons nos mouchoirs au bout de nos épées, comme des transfuges qui se rendent...

— Et notre cousin d'Artagnan sera bien étonné de retrouver ses pages sous l'uniforme des cavaliers du prince Eugène, conclut François, riant de tout son cœur.

CHAPITRE XI
Dans lequel
M' le Maréchal d'Artagnan
commence la fameuse
manœuvre de Denain.

CHAPITRE XI

Dans lequel M. d'Artagnan, renseigné par ses trois pages, triomphe des dernières hésitations de M. de Villars, et commence la fameuse manœuvre de Denain.

Dès que les hussards français qui avaient arrêté nos trois amis les eurent amenés, sur leurs instances, auprès de d'Artagnan, celui-ci fit une exclamation de joie.

Puis, renvoyant tout le monde, il interrogea nos trois jeunes gens.

Gaston et Pierre lui racontèrent d'abord ce qu'ils avaient vu dans les lignes ennemies. Visiblement, le prince Eugène n'avait aucune préoccupation du côté de Denain; le gros de ses forces était massé vers Landrecies, prêt à donner la main au prince d'Anhalt-Dessau qui assiégeait la place; et même les équipages de l'artillerie de campagne du prince Eugène avaient été envoyés au Quesnoy pour le transport des pièces de siège à Landrecies.

— Bon cela, fit d'Artagnan ; très bon ! Et maintenant dites-moi : que pensez-vous de la valeur des troupes?

— Monsieur le maréchal, reprit Gaston, tout bien pesé, leurs chevaux et leurs habits à part, je pense que les troupes du roi valent mieux. Allons aux ennemis la baïonnette au bout du fusil et nous les battrons partout; mais il ne faut pas marchander sa vie, ni s'amuser à tirer !

— Baron, vous avez du coup d'œil et grand cœur; mais dites-moi quelque chose de Denain même.

Pour toute réponse, François ouvrit son pourpoint et tendit au maréchal la copie des papiers de Mylord. En face de cet état détaillé et complet des forces ennemies, d'Artagnan manifesta un véritable enthousiasme.

— Ils sont à nous, s'écria-t-il, ils sont à nous sans rémission ! Allez dormir tous trois, mes enfants, tandis que je vais prendre mes dispositions pour organiser la manœuvre de nuit. Pierre, vous partirez ce soir pour aller à Valenciennes prier M. de Tingry de sortir avec la garnison pour nous appuyer vers l'ouest de la position ennemie. Pour éviter une lettre qui, si elle était interceptée, trahirait toute l'affaire, prenez cette bague à mes armes. Il était convenu à l'avance avec M. de Tingry qu'il suivrait exactement les instructions de tout messager qui lui présenterait ce signe de reconnaissance.

Ce fut une joie vive dans le camp français lorsque l'on apprit que l'on allait enfin se battre.

M. de Broglie, avec 40 escadrons de hussards, partit en éclaireur garder les bords de la Selle.

M. de Vieux-Pont s'éloigna ensuite avec les équipages de pontonniers; puis c'est M. de Coigny qui se dirige vers la Sambre avec sa cavalerie, pour simuler une

— Obéissez aux ordres du maréchal d'Artagnan, messieurs, il vous mène au combat... et à la victoire !

attaque sur Landrecies et attirer de ce côté toutes les forces du prince Eugène.

A neuf heures toute l'armée est sur pied, prête à le suivre; car elle croit à une attaque vers ce point.

Enfin, à dix heures du soir, les colonnes s'ébranlent. Mais dès les premiers pas une étrange stupeur s'empare des troupes en voyant qu'au lieu de marcher vers la Sambre on les fait remonter vers l'Escaut.

— Alors, quoi? on recule encore!...

A cette idée de retraite, un murmure général s'élève.

Les jeunes gentilshommes de la maison du roi avec laquelle marche Gaston témoignent leur indignation. Mais alors Gaston intervient.

— Obéissez aux ordres du maréchal d'Artagnan, messieurs, commande-t-il d'une voix assurée; sur mon honneur de gentilhomme, je vous jure que l'on vous mène au combat... et à la victoire!...

L'énergique déclaration du jeune baron d'Estirac calma comme par enchantement la mutinerie généreuse des gentilshommes de la maison du roi. Comme une traînée de poudre, la bonne nouvelle de la bataille prochaine se répand de proche en proche, de régiment en régiment.

Aussitôt la confiance et la joie succèdent aux murmures; les soldats ont compris la tactique hardie du maréchal de Montesquiou; et « dès cet instant » la marche en avant se poursuit à une allure rapide.

CHAPITRE XII
. . . ₵₵ . Dans lequel . .
lord Albemarle perd Denain tandis
que Mylord paie de sa vie sa . .
petite orgie de la veille . ♪♪♪ .
M.S

CHAPITRE XII

Dans lequel lord Albemarle perd Denain tandis que Mylord paye de sa vie sa petite orgie de la veille.

Tout alourdi encore des fumées de l'ivresse, Mylord s'était levé vers les sept heures du matin pour commencer sa ronde sur les remparts.

Au cours de son inspection, il jugea à propos de monter sur le talus d'une courtine pour vérifier la portée d'un gros mortier de siège.

Mais, à peine eut-il exploré du regard la campagne, qu'il leva les bras au ciel, lâcha sa lorgnette et poussa une exclamation de prodigieuse stupeur.

— Là !... là !... faisait-il affolé.... les Français... là... là !...

Il venait, en effet, de découvrir, à moins d'un kilomètre du fleuve, l'armée française qui s'avançait en bon ordre couverte par les escadrons de hussards de M. de Broglie.

Immédiatement l'Anglais fit tirer le canon d'alarme et s'empressa d'avertir mylord Albemarle, qui rassembla les escadrons disponibles de sa cavalerie et se précipita hors du camp pour essayer d'arrêter le mouvement des Français.

Vaine tentative. A peine les Anglo-Saxons prenaient-ils position dans la plaine que la cavalerie française les chargeait avec une furie irrésistible et les rejetait dans les retranchements du chemin de Paris où ils rentrèrent rompus et en désordre.

Mais ce premier succès ne suffit pas à nos vaillantes troupes. Poursuivant l'ennemi l'épée aux reins, elles franchissent les retranchements à sa suite, commencent à s'y ranger en bataille et interceptent ainsi toute communication entre Marchiennes et le camp de Denain.

Il y avait à peine quelques instants que ce vigoureux engagement de cavalerie venait de se terminer à notre avantage lorsqu'apparut le maréchal d'Artagnan, suivi de ses deux pages fidèles ; malgré le premier succès remporté, son visage demeurait soucieux à ce point que Gaston ne put s'empêcher de lui en faire la remarque.

— Eh bien ! oui, baron, avoua d'Artagnan..., je guette là-bas, vers l'Ouest, un signal dont j'ai convenu avec Pierre et qui m'apprendra la réussite de sa mission, jusque-là...

La phrase de d'Artagnan fut interrompue par un courrier qui lui remit un pli de la part du général en chef.

D'Artagnan bondit à sa lecture.

— Jamais, monsieur, dit-il à l'estafette, jamais!...
Dites à M. de Villars que le vin étant tiré, il faut le boire.
Mes troupes sont là, dans ma main, pleines d'ardeur
et d'entrain, continua-t-il en montrant les longues lignes

A peine Mylord eut-il exploré du regard la campagne, qu'il poussa
une exclamation de prodigieuse stupeur.

de l'infanterie qui accouraient chacune à leur tour et
avec une précision parfaite, comme à la parade sur les
terre-pleins de Versailles, et prenaient une à une leur
rang de bataille face aux fortifications ennemies.

Aucun des hommes qui marchent avec tant d'enthousiasme au combat ne m'obéira, si j'ordonne de reculer.
Et moi-même, à l'instant où je touche au but, alors

que je n'ai qu'à étendre la main pour saisir cette place forte, je n'aurai jamais le courage de leur donner un pareil ordre.

— Cependant, monsieur le maréchal, fit observer le messager, les instructions de **M.** de Villars sont formelles.

— Eh bien, soit ! je vais donner cet ordre néfaste, concéda d'Artagnan d'un air impassible.

Puis se retournant du côté des troupes :

— Je vous le demande ! s'écria-t-il à haute voix, en se tournant vers les troupes qui s'étaient mises en front de bataille à mesure qu'elles arrivaient sur le terrain, glorieux régiments de Navarre, de Champagne, du Maine, de Picardie, Lyonnais, Tourville et Royal des Vaisseaux, voulez-vous battre en retraite ?

Ce fut une clameur folle :

— Non ! non ! Bataille ! bataille !

— Vous entendez, monsieur, reprit d'Artagnan avec la plus extrême courtoisie, vous entendez que ces braves gens refusent de m'obéir je n'ai donc plus qu'une chose à faire : me démettre de mon commandement.

— Mais, monsieur le maréchal… interrompit l'officier.

— Il n'y a pas de mais, mon cher monsieur ; mes soldats se mutinent, je n'y puis rien. Vous allez donc aller trouver M. le maréchal de Villars. Vous lui direz ce que vous avez vu : que le maréchal de Montesquiou n'est plus le maître de ses hommes, sinon pour les lancer à l'attaque, et que, pour cette raison, il supplie M. de Villars de vouloir bien venir ordonner la retraite lui-même…

— Mais, durant ce temps-là ?

— Dame ! monsieur, durant ce temps-là, il peut se passer bien des choses ; il est probable que ces hommes qui ne veulent pas reculer voudront avancer. Mon devoir étant de les commander, bien que démissionnaire, tant que je ne serai pas relevé de mon commandement,

Bientôt apparut d'Artagnan suivi de ses deux pages fidèles.

je ne pourrai faire autrement que d'être à leur tête s'ils se jettent dans les tranchées ennemies, avant que M. de Villars ne soit là pour les en empêcher. Allez donc l'avertir en toute hâte, monsieur...

En achevant ces paroles ironiques, d'Artagnan qui regardait fixement au loin depuis un moment, eut un tressaillement de joie, et de son bâton de maréchal il indiqua un point à l'horizon.

— Camarades, reprit-il, voyez là-bas, au delà de Denain, ces trois feux allumés sur la hauteur. Ils m'annoncent que M. de Tingry et la garnison de Valenciennes investissent la place à l'ouest. C'est mon vaillant page Pierre d'Estirac qui les a allumés pour m'avertir. Gaston ! François ! c'est à travers les rangs impériaux que nous allons rejoindre votre frère ! En avant, messieurs ! Vive la France ! et vive le Roi !

A ces mots le maréchal mit pied à terre, il tira l'épée et, suivi de ses deux jeunes pages, marcha vers les retranchements avec une ardeur toute juvénile.

Alors ce fut un enthousiasme indescriptible.

Les soldats jetèrent leur chapeau en l'air, en criant : « Vive le roi ! » Puis, derrière d'Artagnan et ses pages, les bataillons s'élancèrent en une masse puissante, l'arme au bras, dans un scintillement éblouissant d'épées et de baïonnettes.

François qui, pour la première fois, entendait pleuvoir les balles, écoutait cette étrange musique avec une sorte d'ivresse joyeuse, et semblait ne pas se douter qu'à chaque sifflement c'était la mort qui passait près de lui.

Gaston, lui, tout ensemble inquiet et fier de la témérité du petit bonhomme, s'efforçait de le maintenir à ses côtés pour le couvrir de son corps.

Enfin, on atteignit les retranchements.

Accueillies par les salves des assiégés et la mitraille de six canons, les colonnes françaises ne daignèrent pas riposter. Elles se jetèrent dans le fossé, escaladèrent le parapet intérieur, franchirent l'épaulement d'un élan

L'épée de Gaston atteignit Mylord en pleine poitrine.

irrésistible et (ainsi que l'écrivit **M.** de Villars au roi) « avec une valeur et une grâce dignes de la nation ».

Comme on le pense bien, François ne voulut pas demeurer en arrière. Electrisés par sa vaillance, les grenadiers de Navarre se le passèrent de main en main, comme un fardeau précieux, en sorte qu'il arriva le premier au sommet de la position.

Là, il constata que l'ennemi n'avait pas osé attendre le choc. Anglais et Hollandais avaient pris la fuite vers l'Escaut où les régiments français les poursuivirent l'épée dans les reins, d'Artagnan, Gaston et François toujours en tête.

Ainsi notre héros venait de rentrer en maître dans cette ville où, l'avant-veille, il se glissait avec des ruses de sauvage.

— Par ici, par ici, cria-t-il, guidant les assaillants à travers les rues du village.

A présent, le voilà devant l'Escaut : voilà le pont de bateaux sous lequel il a repêché le petit Hans Fechtel, où maintenant se précipitent les Impériaux en déroute.

Tout d'un coup, dominant les décharges de mousqueterie, le cliquetis du fer et les cris des combattants, un formidable *Sangdious* déchirant l'espace, fit tressaillir de joie et de surprise Gaston et François d'Estirac.

Ils lèvent les yeux et, dans la fumée, de l'autre côté de l'eau, qu'aperçoivent-ils ?

Pierre, leur vaillant et bien aimé Pierre, en avant des soldats de **M.** de Tingry ! Debout à la tête du pont, il semble résolu à recommencer ses prouesses du ravin de la Selle. A chaque geste de son bras un cercle s'élargit autour de lui et des grappes d'ennemis dégringolent dans le fleuve.

— Tiens bon, Pierre, crie Gaston à pleine voix! le temps de nous ouvrir passage au milieu de ces poltrons, et nous sommes à toi...

— N'ayez crainte, baron, répond la voix sonore du cadet d'Estirac dont l'épée infatigable décrit dans les airs des moulinets éblouissants, nous allons apprendre à ces buveurs de bière ce que valent les gentilshommes de Bigorre !

François, durant ces discours, s'était jeté au plus fort de la mêlée, et, au risque d'être cent fois embroché par les piques et les baïonnettes qui se croisent autour de lui, il se faufile entre les combattants afin de rejoindre plus tôt son Pierre chéri.

Tout à coup, il aperçoit devant lui la gueule d'un pistolet et au-dessus, la figure grimaçante de Mylord; mais avant que celui-ci n'ait pressé la gâchette, l'épée de Gaston passe comme un éclair par-dessus la tête de l'enfant et atteint l'Anglais en pleine poitrine.

Mylord lâche son arme, chancelle et tombe à l'eau avec un grand cri.

Un instant après, les derniers ennemis avaient disparu, fuyant vers l'ouest, et les trois frères, de nouveau réunis, s'étreignaient à pleins bras sur le théâtre même de leurs exploits.

EPILOGUE
. . . 666 . Dans lequel .
le Maréchal d'Artagnan . .
rend a César ce qui . .
appartient a César. . .

Dans lequel le maréchal d'Artagnan rend à César ce qui appartient à César.

Pierre achevait à peine de raconter à ses frères le succès de son ambassade auprès de M. de Tingry, lorsqu'un grand fracas de trompettes rappelle nos jeunes gens aux devoirs de leur nouvelle charge.

Ils courent se ranger aux côtés du maréchal de Montesquiou.

Autour de la grande place où François avait compté la veille les forces anglo-hollandaises, nos régiments victorieux s'étaient massés. Les drapeaux fleurdelisés flottaient dans l'azur, les baïonnettes étincelaient au soleil, les tambours battaient aux champs.

Au centre de la place, devant M. de Villars, on avait entassé les canons et les armes enlevés à l'ennemi.

Dès qu'il eut aperçu d'Artagnan, le maréchal de

Villars s'empressa d'aller à lui, souriant, pour cacher son dépit d'une victoire qui n'était pas entièrement sienne.

— Monsieur le maréchal, lui dit-il, l'honneur de cette journée vous appartient et par la hardiesse de l'idée et par la vigueur de l'action. Je salue en vous le vainqueur de Denain !

— Je vous rends grâces, monsieur le maréchal, répondit d'Artagnan de son ton de voix le plus agréable et le plus courtois. Mais, aujourd'hui, ce n'est plus comme l'affaire de Bouchain...

A l'évocation de l'affaire de Bouchain, Villars se mordit les lèvres un instant, puis il reprit son sourire...

— Je n'ai aucune part à la journée d'aujourd'hui puisque, comme vous le savez, j'ai dû démissionner, ne pouvant arriver à imposer votre volonté à mes troupes. D'ailleurs, monsieur le maréchal, si vous avez songé un moment à renoncer à la bataille de ce jour, vous l'aviez néanmoins préparée et dirigée avec un si rare mérite que de cette idée, qui put être mienne, vous avez fait une réalité qui est entièrement vôtre.

Piqué de cette courtoisie à laquelle il ne s'attendait pas, le maréchal de Villars voulut y répondre par une courtoisie plus grande.

— Il va sans dire, monsieur le maréchal, que je n'accepte pas plus vos éloges que je n'ai accepté votre singulière démission. Sans votre persévérance et sans l'élan du dernier instant, il est certain que mes inquiétudes, logiques, légitimes, mais heureusement non jus-

Les trois frères d'Estirac de nouveau réunis,
s'étreignirent à pleins bras.

tifiées, nous eussent enlevé la gloire de la belle journée d'aujourd'hui. Elle est donc vôtre, cette journée,
entièrement vôtre, et je tiens à le proclamer bien
haut ici.

— Eh bien non, monsieur le maréchal, reprit l'entêté

— Messieurs, dit d'Artagnan, je vous présente mon vaillant petit cousin,
François d'Estirac.

d'Artagnan, non, le mérite de cette journée ne me
revient pas, quoi qu'il vous plaise d'en penser et d'en
dire. Et puisqu'il n'est pas à moi et que vous ne voulez
pas qu'il soit à vous, souffrez, monsieur le maréchal,
que je reporte votre glorieux éloge sur ceux qui l'ont
réellement mérité.

Si j'ai pu enlever Denain, c'est que les trois gentilshommes que voici — et il montrait ses trois pages — m'ont renseigné sur les forces de nos ennemis.

C'est par M. Gaston d'Estirac que j'ai su l'impossibilité où serait le prince Eugène de secourir à temps lord Albemarle.

C'est le vaillant Pierre d'Estirac qui a traversé les lignes ennemies pour nous amener le concours de la garnison de Valenciennes, en instruisant M. de Tingry de notre projet.

Enfin, c'est par leur plus jeune frère que j'ai connu le chiffre exact des troupes enfermées à Denain...

Je vous conterai plus à loisir, monsieur le maréchal, ainsi qu'à vous, messieurs, les autres prouesses singulières accomplies par ces trois jeunes gens dont l'aîné n'a pas vingt ans et dont le plus jeune est encore un enfant.

A ces mots, un murmure d'admiration courut dans le groupe d'officiers, qui entouraient les deux maréchaux.

Alors, courbant sa haute taille, le vieux d'Artagnan saisit dans ses bras le petit François, rempli à la fois d'orgueil et de confusion.

Puis l'élevant au-dessus de sa tête pour l'offrir à la vue de toute l'armée, il s'écria :

— Messieurs, je vous présente mon vaillant petit cousin, François d'Estirac. Voilà le véritable vainqueur de lord Albemarle... Voilà le héros de la prise de Denain !

TABLE